NADIA WEISS

Arrivederci JESOLO

ZUM APERITIVO EINE LEICHE Unter der strahlenden Sonne von Jesolo zeichnen sich dunkle Schatten ab. Während Familien am Meer ihre Ferien genießen, macht der Besitzer einer Hüpfburg hinter den Pinienwäldchen eine schaurige Entdeckung: Ein toter Mann hängt von einer riesigen aufblasbaren Clownsfigur. Es ist der berühmte Maler Gustav Görlitz, der eigentlich auf der Biennale eine Überraschung verkünden wollte. Schnell wird klar, dass einige Menschen aus seinem Umfeld Geheimnisse mit ihm teilten, die um keinen Preis an die Öffentlichkeit gelangen sollten. Vielleicht wäre dies auch gelungen, wenn sich nicht die ehrgeizige Journalistin Ambra Santoro gemeinsam mit dem unkonventionell agierenden Commissario Vialli des Falls angenommen hätte. Der Duft des Geldes weht über die Lagune von Venedig nach Jesolo. Santoro und Vialli müssen sich für die Ermittlungen in die Welt der Reichen und Schönen begeben, wo sie bald selbst in Schwierigkeiten geraten.

Nadia Weiss lebt und arbeitet als Autorin, Journalistin und Filmemacherin in Wien. Nach fünfzehn Jahren als leitende Redakteurin bei diversen Printmedien wechselte die gebürtige Südtirolerin 2014 in den Dokumentarfilmbereich. Es folgten drei TV-Produktionen, bei denen sie Buch und Regie verantwortete. Aus der intensiven Beschäftigung mit Themen der Gesellschaft, der Kultur und des Zusammenlebens folgte 2019 die Mitgründung der Medienplattform »Sheconomy«, sowie die Organisation der »Minerva Awards«, die weibliche Role Models in der Wirtschaft ehren. Die Verleihung wird in Österreich landesweit im Fernsehen übertragen.
»Arrivederci Jesolo« ist ihr Debütroman, in den sie ihre Erfahrungen in der Kunst- und Medienlandschaft eingearbeitet hat.

NADIA WEISS

Arrivederci JESOLO

ITALIEN-KRIMI

GMEINER

Personen und Handlung sind frei erfunden.
Ähnlichkeiten mit lebenden oder toten Personen
sind rein zufällig und nicht beabsichtigt.

Bei Fragen zur Produktsicherheit gemäß der Verordnung über die allgemeine Produktsicherheit (GPSR) wenden Sie sich bitte an den Verlag.

MIX
Papier | Fördert gute Waldnutzung
FSC
www.fsc.org
FSC® C083411

Besuchen Sie uns im Internet:
www.gmeiner-verlag.de

Im Ehnried 5, 88605 Meßkirch
Telefon 07575/2095-0
info@gmeiner-verlag.de

3. Auflage 2025

Satz: Mirjam Hecht
Umschlaggestaltung: U.O.R.G. Lutz Eberle, Stuttgart
unter Verwendung eines Fotos von: © Sompong / stock.adobe.com;
mdworschak / stock.adobe.com
Druck: CPI books GmbH, Leck
Printed in Germany
ISBN 978-3-8392-0748-2

*»Jeder sieht, was du scheinst.
Nur wenige fühlen, wie du bist.«*

Niccolò Macchiavelli

1.

Der Himmel über Jesolo zeigte jene kräftig strahlende Sonne, die sich zu dieser Zeit des Jahres erst in den späten Abendstunden hinter dem Horizont verkroch. Im Schatten der Pinienbäume ließ es sich aushalten.

Gaetano leerte in einem Schluck den Espresso, den er in einem Café im Park des Hotel Beau Rivage bestellt hatte. Kinder und Touristen in Badekleidung versperrten den Blick auf den goldbraunen Strand. Sie stellten sich am Kiosk für Gelati und Toasts an. Etwas später würden sie im Speisesaal die typisch venezianische Küche serviert bekommen: Pasta und Risotti mit Meeresfrüchten, frisch gefangenen Tintenfisch und gebratene Sardinen oder eine einfache Frittata mit Gemüse. Nach dem Dessert überbrückten die Familien die Stunden bis zur Schlafenszeit für gewöhnlich bei ihm in der Hüpfburg »Gommissima«.

Er mochte seinen Job. Der Standort hinter den luxuriösen Ferienanlagen von Pineta, dem ruhigeren und nobleren Teil von Jesolo, war ideal. Die zahlungskräftige Klientel kam in Scharen in sein aufgeblasenes Paradies. Im Gegensatz zu den »Sala Giochi«, den dunklen Spielhöllen, die im benachbarten Lido di Jesolo neben Hotels, Eisdielen und Pizzerien das pulsierende

Straßenbild bestimmten, konnte man sich hier in aller Ruhe mit einem Getränk aus dem Automaten auf einem Campingstuhl niederlassen und dem Spektakel zusehen. Unter Mobilisierung all ihrer Kräfte verausgabten sich die Kinder stundenlang auf den Riesenrutschen und Trampolins. Das sorgte am Abend für eine schnelle Nachtruhe und erholsamen Schlaf für alle.

Für Gaetano, einen Mann der Nacht, entsprachen die Arbeitszeiten seinem Biorhythmus, zudem war der Job mit geringem Aufwand verbunden. Sechs Uhr abends. Der ganze Zirkus musste aufgepumpt werden. Der Weg bis zum »Gommissima« reichte für eine halbe Zigarette. Gaetanos Motorrad stand aufgebockt neben dem Eingang. Auf der dunkel lackierten Verkleidung stach eine Gravur hervor: »Dance me to the End of Love. L. C. 21.9.1934–7.11. 2016«. Gaetano war Leonard Cohen nie begegnet, aber seine Musik hatte ihn sein ganzes Leben begleitet. Bei schlechtem Licht konnte man durchaus eine gewisse Ähnlichkeit zwischen dem Musiker und ihm entdecken. »Halleluja …«, summte Gaetano leise und sperrte auf.

Er hielt abrupt inne. Irgendetwas stimmte hier nicht. Sein Kassenhäuschen befand sich nur wenige Meter vom Eingang entfernt. Etwas weiter hinten hatte er ein Zelt mit einem Getränkeautomaten aufgestellt. Tagsüber waren die Stoffbahnen von allen Seiten verschlossen, damit sich keine streunenden Katzen oder andere Vagabunden darin breitmachten. Nun war der Reißverschluss am seitlichen Abteil bis nach oben aufgezogen. Kurz überlegte er, sich leise zu entfernen und die

Polizei zu verständigen. Es kam immer wieder vor, dass sich Kinder durch den kleinen Spalt zwischen Zelt und Zaun hindurchzwängten, um keinen Eintritt bezahlen zu müssen.

Er gab sich einen Ruck. Mit einem kräftigen Tritt stieß er das Tor auf und schritt an einer Madonnenskulptur vorbei in sein Reich. Alles wirkte wie immer. Die Tür des Kiosks war nach wie vor versperrt und die aufblasbaren Fantasiewelten lagen erschöpft am Boden. Er beschloss, zuerst der etwas versteckt hinter dem Getränkezelt gestrandeten Riesenrutsche Leben einzuhauchen. Einmal aufgeblasen war sie eine der größten Attraktionen des »Gommissima«. Die Kinder kletterten voller ängstlicher Vorfreude an ihr hinauf, um sich dann in einer waghalsigen Fahrt hinunterzustürzen. Zu diesem ambivalenten Vergnügen passte die Clownsfigur, die entfernt an »Chucky, die Mörderpuppe« erinnerte und an der Spitze der Rutsche thronte. Routiniert drückte er die Knöpfe seiner Anlage. Der Kompressor surrte. Die Luft strömte in das erste Gummigebilde, und schon bäumte sich »Chucky« auf. Gaetano stockte der Atem. Um »Chuckys« Hals hing leblos ein Mann.

2.

»Madonna mia!« Commissario Vialli machte seinem Unmut Luft. Warum musste er erstens ans Handy gehen und es zweitens überhaupt eingeschaltet lassen? Funkloch. Eine ganz normale Angelegenheit an einem freien Tag um sieben Uhr abends, kurz bevor er bei einem Blind Date endlich einmal sein Privatleben hätte verbessern können. Aber nein, das Schicksal war ihm nicht gnädig. Amor konnte seine Pfeile wieder einstecken. Ein Toter im »Gommissima«, das hatte ihm gerade noch gefehlt.

»Mitten ins Herz«, konstatierte Gerichtsmediziner Fingolo, der bereits vor ihm am Tatort eingetroffen war. Er deutete auf den Leichnam eines Mannes mittleren Alters, der quer über einer Plastikplane lag.

»Die Luft wurde vorsichtig aus der Rutsche herausgelassen, um einen möglichst authentischen Eindruck des Tatorts zu gewinnen. Es kann natürlich sein, dass sich die Lage durch das Auf- und Abpumpen trotzdem etwas verändert hat.« Fingolo hob skeptisch eine Augenbraue. Dann fuhr er fort: »Wir sehen kleine Blutergüsse am Handgelenk des Toten. Der Täter oder die Täterin hat ihn wahrscheinlich mit eisernem Griff festgehalten, bevor ein einziger fataler Stich erfolgte.

Die Waffe wurde entfernt, aber ich könnte mir vorstellen, dass es sich um ein Stiletto-Messer handelt. Das gibt es überall zu kaufen. Das Opfer konnte sich noch einige Meter bewegen, bis es zusammenbrach. Der Mann wurde also mit einer an Sicherheit grenzenden Wahrscheinlichkeit hier getötet. Daher, wie immer, Vorsicht bei der Spurensicherung! Herr Commissario, ich gratuliere Ihnen hiermit zum ersten Mordfall der Saison. Wenn Sie mich fragen, war das bereits überfällig.«

»Was Sie nicht sagen. Dann werde ich es Ihnen überlassen, die nächsten Verwandten des Opfers zu verständigen«, konterte dieser säuerlich.

Bevor Fingolo sich zu einer Entschuldigung durchringen konnte, beendete eine Frauenstimme das angespannte Schweigen.

»Bitte lassen Sie mich zum Tatort durch, ich mache hier nur meine Arbeit!«

Vialli zuckte zusammen. Die Stimme kannte er zu gut. Sie gehörte zu seiner Arbeit wie der Polizeifunk oder der starke Espresso vor jeder Nachtschicht. Ambra Santoro, seit mittlerweile zehn Jahren Ex-Miss-Jesolo und nach einem Ausflug in die Mailänder Mode-Szene als Reporterin beim Lokalsender Jesolo24 gestrandet, hatte die Bühne betreten.

»Signorina Santoro, ich wusste nicht, dass Sie inzwischen auch für unser Kommissariat tätig sind. Ihrer Kleidung nach zu urteilen, waren Sie doch eher auf dem Weg zur Schaumparty in Pinos Bar, Ihrem natürlichen Lebensraum«, sagte Vialli mit Blick auf den grellen Frottee-Überwurf, den die Journalistin mit dem Waschzettel nach außen über ihren Bikini gezogen hatte.

Vialli bemerkte, wie Fingolo in sich hineinschmunzelte. Für ihn, den soignierten Arzt in gesetztem Alter, war der Schlagabtausch zwischen dem Commissario und der forschen Journalistin stets ein kleines Vergnügen, das er regelmäßig mit einer Folge von »Unter der Sonne von Amalfi« verglich – einer seiner Lieblingsserien, die er gerne während langer Nachtdienste streamte.

»Wäre ich eine Beamtin im Staatsdienst, könnte ich mir natürlich die Zeit nehmen, stets sorgfältig frisiert und geschniegelt an einem Tatort zu erscheinen. Da ich aber nach Ergebnis und nicht nach Stunden bezahlt werde, musste ich sofort losfahren. Die halbe Stadt spricht bereits über einen Mord im ›Gommissima‹!«

Vialli blickte zu Gaetano Mancuso, dem Besitzer der Anlage, der gerade mit missmutiger Miene seine Überwachungskameras kontrollierte. Er war wohl nicht die Quelle. Diese Art von Mundpropaganda war keine Werbung für einen Familienausflug in sein Hüpfburgenparadies. Nach der Pandemie waren die Touristen zwar rasch nach Jesolo zurückgekehrt, doch dafür waren die Energiepreise gestiegen und fraßen den Profit der drei Monate Hochsaison merklich auf. Nun ein Toter am Hals seiner Hauptattraktion, das war kein gutes Omen für den Sommer.

Ambra stupste Vialli an. »Konntet ihr bereits die Identität des Toten feststellen? Es war doch kein Mitarbeiter des ›Gommissima‹?« Der bullige Körper von

Giannino, Viallis Assistenten, versperrte ihr den Blick auf das Geschehen.

»Nein«, antwortete er. »Es ist ein Unbekannter. Gaetano kennt ihn nicht und weiß nicht, wie und warum er hereingekommen ist. Außer den Leonard-Cohen-Postern an der Wand seines Kiosks bewahrt er hier nichts Wertvolles auf. Bitte, Ambra, mach keine Schwierigkeiten, mein Boss ist heute ohnehin schlecht gelaunt, und wie wir alle wissen, ist das eine jener Sachen, die er echt gut kann.«

Bevor er weitersprechen konnte, bewegte sich Fingolo auf ihn zu und bedeutete den Umstehenden mit ausladender Bewegung, für ihn Platz zu machen.

Giannino wich zur Seite, sodass Ambra die hagere Gestalt und das schmale Gesicht des leblosen Mannes erkennen konnte. Sie zuckte zusammen. »Wahrscheinlich habe ich vor wenigen Stunden das letzte Interview mit dem Toten geführt. Es handelt sich um Gustav Görlitz, den berühmten Künstler. In diesem Moment sollte er im deutschen Pavillon der Biennale als Stargast eine Rede halten.« Mit einem Blick auf den Commissario fuhr sie fort: »Vialli, das ist meine Chance. Bitte vermiese sie mir dieses eine Mal nicht.«

3.

»Willkommen bei ›Reich und Schön‹ und allen, die es sein möchten oder bereits waren!« Vialli breitete spöttisch die Arme aus, während er vom Taxiboot auf die Silhouette des ehrwürdigen Hotels Excelsior deutete. Der Commissario hatte sich das Taxi gegönnt, um bei der einzigen Spur, die er derzeit hatte, keine Zeit zu verlieren. Das Polizeiboot der Questura von Venedig stand nicht zur Verfügung, und die Vaporettos mit den unzähligen Touristen und ihren Rollkoffern brauchten jetzt in der Hauptsaison doppelt so lange wie üblich. Möglicherweise wollte Vialli auch Ambra beeindrucken, die noch immer ihren knallgelben Umhang trug, immerhin nicht mehr verkehrt herum.

»Ich klebe ab jetzt wie eine Briefmarke an dir!«, hatte sie ihm beim Verlassen des »Gommissima« ins Ohr gezischt. »Dafür kann ich dir auch zeigen, wo der Ermordete seine letzten Stunden verbracht hat. Vielleicht ist es besser, ohne Voranmeldung aufzutauchen.«

Vialli konnte nur mit Mühe verbergen, wie aufregend er diese Entwicklung fand. Ein Abenteuer mit Ex-Miss-Jesolo Ambra – davon träumte er schon lange. Die Umstände hätten natürlich sinnlicher sein können.

»Eros und Thanatos. Lebens- und Todestrieb. Ein fundamentales Prinzip des Seins, das bereits Sigmund Freud analysiert hat. Es wurde von Gustav Görlitz in seinen Arbeiten auf eine neue Dimension gebracht«, dozierte Ambra, während Vialli das rasant steigende Boots-Taxameter im Auge behielt. Für diese Summe hätte er einen Tisch im Cipriani reservieren können. Warum glaubte er eigentlich, dass eine Frau wie Ambra sich davon beeindrucken ließ? Was wusste er überhaupt über sie? Seit sie vor zwei Jahren von Mailand in ihren Heimatort zurückgekehrt war, hatten sich Bademeister, Kioskbetreiber, Barkeeper, Hoteldirektoren und natürlich die reichen Geschäftsleute der Gegend um ihre Gunst bemüht – vergeblich. Offenbar bevorzugte sie Flirts mit Touristen, die nach einigen unbeantworteten Videoanrufen keine große Erklärung für das Ende der Sommerliebe erwarteten. Doch selbst das war eine reine Vermutung Viallis. Fakt war, dass in den vergangenen zwei Jahren niemand Miss Jesolo in einer romantischen Verstrickung beobachten konnte.

»Commissario? Noch wach?«

Ambra hatte ihn unsanft in die Seite gestupst. Der Bootsfahrer drehte sich zu ihnen um und signalisierte, dass sie aussteigen konnten. Vialli beglich die Rechnung und ließ sich der Ordnung halber einen Beleg geben, der niemals den Weg in die Buchhaltung des sparsam geführten Kommissariats finden würde.

Der Eingang zum Hotel Excelsior war, wie um diese Jahreszeit üblich, von einer Gruppe Touristen gesäumt, die sich selbst niemals als solche bezeichnen würden. Die Biennale war vor wenigen Tagen eröffnet worden und die Karawane der Erbinnen, Kunstschaffenden, Sammlerinnen, Mäzene, Kuratorinnen und ihrer Nutznießer hatte in der Lagune ihre Zelte aufgeschlagen. Tagsüber nippte man am Strand an einem Glas eisgekühlten Rosé, den die Kellner direkt in die Bungalows mit Meerblick lieferten. Abends ging es mit dem hoteleigenen Shuttle-Boot zum Dinner in die Trattoria alla Madonna oder zu einer der ausgefallenen Partys auf den Inseln und in die Palazzi der Stadt. Der Gegensatz zum Publikum in Lido di Jesolo war krass, aber nur auf den ersten Blick. Im Grunde wollten alle ihrem Alltag entfliehen und Erlebnisse sammeln, für die sie mitunter bereit waren, mehr als den Marktpreis zu bezahlen.

Ambra kannte dieses Biotop. In Mailand hatte sie fünf Jahre als Model gearbeitet, später als VIP-Beauftragte in einer Galerie. Denn entgegen ihren Hoffnungen hatte die Welt nicht auf Miss Jesolo gewartet. Sie hatte einige Zeit benötigt, um das zu akzeptieren. Als sie so weit war, packte sie ihre Koffer und krempelte ihr Leben radikal um. Back to the Roots: Die Stelle als Lokalreporterin bei Jesolo24 war kein Sprungbrett zum Pulitzerpreis, aber doch ein solider Neustart. Mit etwas Glück konnte sie nach ein paar guten Reportagen einen prominenteren Sendeplatz bekommen oder sie wurde von einem überregionalen Sender entdeckt. Vielleicht war dieser Moment genau jetzt zum Greifen nahe.

»Signorina Santoro, willkommen zurück. Haben Sie noch kurz das herrliche Wetter an unserem Strand genossen?« Der Herr an der Rezeption schenkte Ambra ein professionell freundliches Lächeln, während er Vialli kurz musterte und mit einem Nicken bedachte.

»Wir müssen Frau Johanna Görlitz sprechen«, sagte Vialli, »hier ist meine Dienstmarke.«

»Aber natürlich, Herr Commissario, die Dame ist soeben auf ihr Zimmer zurückgekehrt. Es war nicht einfach, sie von den Paparazzi vor der Tür abzuschirmen. Angeblich ist Herr Görlitz nicht aufzufinden, seit zwei Stunden läutet das Telefon bei uns ununterbrochen. Ich werde Sie nun, falls Sie erlauben, bei Frau Görlitz anmelden. Es ist die große Eck-Suite im vierten Stock.«

Im Aufzug nach oben stellte Ambra endlich die Frage, die ihr seit dem »Gommissima« auf der Zunge lag: »Darf ich nur ganz kurz mitdrehen?«

»Denk nicht einmal dran«, antwortete Vialli bestimmt.

Die Suite des Ehepaares Görlitz erinnerte an ein Boudoir aus vergangenen herrschaftlichen Zeiten. Ambra musste daran denken, dass sich eine Dame der französischen Gesellschaft im 18. Jahrhundert eine mit Smaragden besetzte Schildkröte als Haustier hielt, damit diese langsam durch ihr Ankleidezimmer kroch und die verschwenderische Atmosphäre noch eine Spur exzentrischer gestaltete. Hier lagen mindestens vier Paar Schuhe desselben Modells von Jimmy Choo in unterschiedlichen Farben am Boden verstreut. Ambra wusste, dass deren Gesamtwert ihr Monatsgehalt deutlich überstieg. Der kleine Glastisch neben dem Himmelbett war mit breiten goldenen Armreifen, Ohrgehängen und einer

Reihe winziger Abendtaschen übersät. Auf der kleinen Bank vor dem Bett glitzerten unterschiedliche Oberteile und dazu passende Röcke und Shorts im Kontrast zu einer Reihe sehr schlicht geschnittener Abendroben, die an Kleiderbügeln an der Außenwand des Kleiderschranks hingen.

Inmitten dieser Pracht saß eine elfenhafte Frau, die die beiden Eindringlinge mit ungeschminkten Augen und starrem Blick musterte.

»Ist ihm etwas geschehen?«, flüsterte sie in Richtung Ambra und Vialli. Ohne die Antwort abzuwarten, fuhr sie mit sich überschlagener Stimme fort: »Es musste so weit kommen. Es musste so weit kommen. Ich hätte ihn nie gehen lassen dürfen.«

Dann zündete sie sich eine Zigarette an und behielt den Rauch so lange in ihrem Mund, dass nur noch eine winzige Wolke entwich, als sie ihn öffnete.

Vialli räusperte sich. Er fühlte sich sichtlich unwohl. Nun kam jener Teil, den die meisten Polizisten an ihrer Arbeit am wenigsten mochten. »Frau Görlitz, es tut mir aufrichtig leid, dass ich Ihnen diese schreckliche Nachricht überbringen muss. Ihr Ehemann ist vor wenigen Stunden in Jesolo Pineta tot aufgefunden worden.«

Kein Wort. Ein weiterer Zug an der Zigarette. Dann ein eiskalter Blick in Richtung Ambra.

»Was macht sie hier? Sie werden kein Wort von mir hören, solange diese Dame in der Nähe ist. Außerdem habe ich das Recht, einen Anwalt zu konsultieren. Sie hören von mir. Arrivederci.«

Etwas perplex leisteten sie der Anweisung Folge. An der Tür drehte sich Ambra noch einmal um, doch bevor sie den Mund aufmachen konnte, wurde sie von Vialli zur Tür hinausgedrängt. Dabei verabschiedete er sich in höflichem Ton von der Witwe: »Verzeihen Sie die Störung. Wir kommen morgen früh wieder. Ich hoffe, Sie finden noch einige Stunden Nachtruhe.«

Die Bar im Excelsior war der Klassiker für den Aperitivo vor dem ersten Kuss oder einer Abfuhr, wie sie soeben Frau Johanna Görlitz erteilt hatte.

»Zwei Bellini, bitte«, bestellte Vialli beim Kellner in weißer Livree.

»Selbstverständlich. Ihre Zimmernummer?«

»Wir sind noch nicht so weit.«

»Dann wünsche ich erfolgreiche Verhandlungen.«

Der direkte Charme der Venezianer lebte vom Überraschungsmoment. Ambra musste schmunzeln, obwohl sie noch immer mit dem dominanten Auftritt von Frau Görlitz haderte.

»Warum hast du sofort klein beigegeben und keine einzige Frage an Frau Görlitz gestellt? Jetzt hat sie Zeit, sich eine Geschichte zurechtzulegen.«

Vialli schüttelte unmerklich den Kopf. »Ich glaube, du bist mir eine Erklärung schuldig. Woher kennst du Frau Görlitz und warum ist sie derart misstrauisch dir gegenüber? Wohl nicht, weil du heute ein kurzes Interview mit ihrem Mann geführt hast?«

»Ihrem verstorbenen Mann. Vielleicht liegt es daran, dass ich eine der Letzten war, die die beiden gemeinsam gesehen hat. Es lag eine Spannung im Raum. Aber diese Spannung war eigentlich immer da, wenn das Paar nicht gerade die Scheinwerfer auf sich gerichtet hatte.«

»Das klingt, als würdet ihr euch schon länger kennen.«

»Ja und Nein. Wir haben uns auf diversen Vernissagen in Mailand gesehen. Damals habe ich reiche Kunden der Galerie betreut und war daher immer wieder bei diversen Events vor Ort. Das Ehepaar Görlitz gehörte zur umschwärmten Prominenz, mit der die Gäste auf Instagram angeben konnten. Aber du weißt ja, wie das ist: So wie viele in dir nur einen Polizisten sehen und in einem anderen Zusammenhang kaum dein Gesicht einordnen können, hat mich Johanna Görlitz immer nur als eine von vielen VIP-Betreuerinnen wahrgenommen. Damit ist man für diese Menschen austauschbar und niemand, an den sie sich erinnern.«

»Und ihr Ehemann?«

»Du täuschst dich. Hübsche Menschen gibt es viele. Das ist nichts Besonderes.«

Vialli suchte nach einer Spur von Ironie in Ambras Miene. Nichts.

»Ich kann dir nur sagen, dass mich Johanna Görlitz weder hier noch in Mailand mit Sympathie bedacht hat. Das Gespräch mit Gustav Görlitz lief sehr routiniert ab. Wir trafen uns auf der Terrasse neben dem Swimmingpool. Das Interview gab er mir nur, weil ich mich zuvor mit meinen Kontakten in die Galerieszene wichtiggemacht habe. Die Handynummer seiner Assistentin hat mir ein alter Kollege zugespielt. Görlitz war dann etwas enttäuscht, dass ich nur die Reporterin eines Lokalsenders bin. Sobald die Kamera lief, ließ er sich aber nichts mehr anmerken und erzählte ganz professionell von seiner Ausstellung im Palazzo Volpi am Canal Grande. Der Conte ist ein Freund von ihm. In zwei Tagen sollte ein großer Empfang zur Eröffnung stattfinden. Er hat eine Überraschung angekündigt, die den Markt in Bewegung setzen würde. Nun werden die Preise für einen echten Görlitz jedenfalls steigen. Sein Tod bedeutet, dass es keine weiteren Werke von ihm geben wird.«

Vialli pfiff leise. »Die Show geht also munter weiter. Hast du eine Ahnung, welche Überraschung er gemeint hat?«

»Leider nein. Er war ein Marketing-Genie und ließ sich nicht so leicht in die Karten schauen. Wenn ich seine Leiche nicht mit eigenen Augen gesehen hätte, würde ich es sogar für möglich halten, dass es sich bei seinem Tod um eine inszenierte PR-Aktion handelt.«

»Ist die Kunstwelt wirklich so krank?« Vialli blickte Ambra direkt an. Endlich lächelte sie wieder.

Vielleicht lag es aber auch nur daran, dass der Pianist einen Hit von Paulo Conte angestimmt hatte. »It's wonderful, wonderful. Good luck my baby!« Die Bellinis schmeckten süß. Frischer Pfirsich, erstklassiger Champagner. Das Leben hält immer wieder eine prickelnde Überraschung bereit, sinnierte Vialli. Zum Beispiel für jene, die sich rechtzeitig einen Görlitz gesichert haben.

»Ist dir nichts Seltsames aufgefallen?«, fragte er.

»Nein. Er hat auch nicht erwähnt, dass er nach Jesolo fährt. Wir müssten das Excelsior eigentlich zur gleichen

Zeit verlassen haben. Als ich die Meldung im Polizeifunk gehört habe, war ich noch nicht lange zu Hause.«

»Du hast mir noch immer nicht gesagt, warum Johanna Görlitz dich nicht mag.«

»Das weiß ich nicht. Aber vielleicht ahnt sie, dass wir uns ähnlicher sind, als wir es uns eingestehen wollen.«

»Ist sie Ex-Miss-Bodensee?«

»Fast richtig.« Ambra lächelte. »Sie ist wie ich ein ehemaliges Model auf der Suche nach dem Glück.«

»Heute erfahre ich von dir mehr als in den letzten zwei Jahren, in denen wir uns immer wieder über den Weg gelaufen sind. Aber je mehr ich weiß, umso weniger kenne ich mich aus.«

»Es ist doch ganz einfach. Johanna Görlitz wollte wie ich auf dem Ticket der Schönheit aus ihrem Provinznest ausbrechen, aber zur großen Karriere hat es dann doch nicht gereicht. Ich bin zurück in Jesolo und hoffe nun, als Reporterin weltberühmt zu werden«, sagte Ambra mit einem Augenzwinkern. »Sie hat durch ihre Ehe einen Platz in der Society bekommen. Wie abgesichert sie gesellschaftlich und finanziell ist, wird sich herausstellen. Vielleicht sollten wir in diese Richtung ermitteln. Wer profitiert von Gustav Görlitz' Tod und für wen ist er ein Verlust?«

Vialli nickte. »Noch einen Bellini? Ich werde kurz an der Rezeption fragen, wann Gustav Görlitz das Hotel verlassen hat. Danach können wir uns auf den Weg zurück nach Jesolo machen. Mit etwas Glück erwischen wir noch das letzte Hotel-Shuttle nach San Marco.«

4.

Ambra blinzelte. Sie hatte tief geschlafen. Der kleine Bungalow ihrer Nonna stand unter einer der alten, wuchtigen Pinien, die Jesolo Pineta seinen Namen gaben. Sie bildeten einen Pinienhain, der die Ortschaft optisch prägte und ihr trotz aller Lebendigkeit eine unantastbare Eleganz verlieh. In den Morgenstunden wehte frische Luft vom Meer in das Schlafzimmer und die lästigen Sonnenstrahlen wurden vom dichten Blätterwerk abgehalten.

Langsam kamen die Erinnerungen zurück. Gustav Görlitz erstochen im »Gommissima«. Wenige Stunden nachdem sie ein Interview mit ihm aufgenommen hatte. Den Beitrag hatte sie noch in der Nacht, als sie von Venedig zurückgekehrt war, auf ihrem Computer geschnitten und in die Redaktion geschickt. Sie tastete nach ihrem Handy, das stets auf lautlos gestellt neben dem Bett lag. Die Uhr zeigte 8.25 Uhr. Sie hatte eine Stunde länger als geplant geschlafen und der Beitrag sollte längst online sein.

»Exklusiv: Der weltberühmte Künstler Gustav Görlitz erstochen in Jesolo Pineta. Nur hier sehen Sie sein letztes Interview wenige Stunden vor seinem grausamen Tod!«

Orlindo Mangianino, ihr Redaktionschef, hatte nicht gekleckert. Die Nachricht prangte als Aufmacher über die ganze Titelseite. Nur eines fehlte: Ambras Name. Das würde sie gleich korrigieren, wenn sie sich in das Redaktionssystem einloggte.

Das Handy vibrierte. Unbekannte Nummer. Die Arbeit rief.

»Hallo, Lindo! Danke für die schöne Platzierung. Allerdings wäre es nett, wenn dabeistehen würde, dass ich das Interview geführt habe.« Die Stimme am anderen Ende kam jedoch nicht aus der Redaktion, sondern aus dem Kommissariat von Jesolo.

»Guten Morgen, Bellezza. Selbstverständlich, ich werde deinen Namen heute an alle Kommissariate Italiens mailen mit der Bemerkung, dass du wieder einmal schneller als unsere Pressestelle, sprich schneller als die Polizei erlaubt, gearbeitet hast. Ich gratuliere dir!«

Ambra war sich nicht sicher, ob Vialli tatsächlich so gut gelaunt war oder seinen Espresso corretto mit einem Schuss Schnaps getrunken hatte.

»Spaß beiseite. Ich verstehe, dass das deine Arbeit ist. Du hättest mir aber auch gestern bei drei Bellinis und einem angenehmen Spaziergang durch die romantischste Stadt der Welt erklären können, dass Görlitz nicht nur dein letzter Interviewpartner, sondern auch dein ehemaliger Liebhaber war!«

»Was?« Ambra stolperte vor Schreck über einen Korb Tomaten, den ihre Großmutter offensichtlich gestern vorbeigebracht und in der Küche abgestellt hatte.

»So steht es zumindest in der Ankündigung des

Video-Interviews: ›Das Gespräch führte die Jesolo24-Reporterin und ehemalige Miss Jesolo Ambra Santoro, eine intime Kennerin der Mailänder Kunstszene, in der sie sich gemeinsam mit Gustav Görlitz bewegte.‹«

Ambra atmete aus. Sie ärgerte sich zwar sehr über die reißerische und missverständliche Formulierung, wollte sich dies jedoch nicht anmerken lassen. »Bist du etwa eifersüchtig? Schade, ich wollte dir nämlich gerade erzählen, dass mir noch jemand eingefallen ist, der uns vielleicht mehr über die letzten Tage von Görlitz erzählen könnte.«

»Wenn du seine echte Frau meinst, die mit den zwei gemeinsamen Kindern hier bei uns in Jesolo Urlaub macht, dann komm ins Hotel Bellavista am Viale Oriente. Du hast es ja nicht weit.«

Das Bellavista befand sich ungefähr hundert Meter vom »Gommissima« entfernt, »prima fila«, also in der ersten Reihe, an der Strandpromenade. Das war vermutlich der Grund, warum Gustav Görlitz gestern Nachmittag vom Lido di Venezia nach Pineta gefahren war. Er hatte im ruhigen Strandort seine geheime Familie geparkt. Denn niemals, und da war sich Ambra sicher, hatte er sie in der Öffentlichkeit erwähnt. Ganz im Gegenteil: Er betonte stets, wie wichtig ihm seine Freiheit sei und dass die Beziehung mit Johanna Görlitz nur funktionieren könne, weil sie ihm diese bedingungslos lassen würde. Wer war seine angeblich echte Ehefrau und warum hatte er dieses Doppelleben geführt? Bald würde sie mehr wissen.

Fünf Minuten später hielt sie mit ihrem Fahrrad am Eingangstor des Bellavista und wurde nach kurzem Klingeln eingelassen. Sicherheit wurde hier großgeschrieben. Die Markenauswahl der Autos auf dem Gästeparkplatz ließ darauf schließen, dass die Renovierung des Hauses vor einigen Jahren gut investiertes Geld gewesen war und von einer finanzkräftigen Klientel geschätzt wurde. Daneben standen schicke Bikes mit dem Branding des Hotels für einen Ausflug in die Umgebung bereit. Ambra parkte ihr Vintage-Modell etwas abseits.

Vialli lehnte an der Rezeption und hielt eine streng dreinblickende ältere Dame davon ab, ihn umgehend des Hauses zu verweisen.

»Wir stören niemanden in seiner Privatsphäre. Ich will mit Frau Monika Görlitz sprechen, weil ich als Commissario in einem Mordfall ermittle. Falls Sie nicht möchten, dass ich mit meinem Polizeiausweis eine Runde um das Frühstücksbuffet drehe, sollten Sie mir jetzt ihre Zimmernummer mitteilen.«

Die Drohung zeigte Wirkung.

»Immer mit der Ruhe! Es ist uns ein Anliegen, die Privatsphäre unserer Gäste zu wahren, wir werden Ihre Arbeit aber nicht behindern. Die Signora bewohnt eine unserer Signature-Gartensuiten neben dem Pool. Erlauben Sie mir, rasch im Zimmer anzurufen und Ihnen dann persönlich den Weg zu zeigen!«

Ambra hatte sich unauffällig neben den Commissario positioniert. Ihre Kamera ließ sie wohlweislich gut versteckt in der Handtasche. Journalisten oblagen bestimmt einer gesonderten Prüfung durch die strenge Rezeptionistin. Sie nickte Vialli kurz zu und gab so zu verstehen, dass sie zu ihm gehörte.

Die Diskretion der Empfangsdame passte ins Bild. Auf dem Weg zum Bellavista hatte Ambra Monika Görlitz gegoogelt. Weder zu ihrer Person noch zu den gemeinsamen Kindern mit dem ermordeten Künstler gab es Einträge. Dafür spuckte das Netz jede Menge Hochzeitsfotos von Gustav und Johanna Görlitz aus, allerdings waren sie weder in einer Kirche noch auf einem Standesamt aufgenommen worden, sondern in einer puderzuckrigen Strandidylle vor türkisem Meer und pinkem Sonnenuntergang. Für die besten Freunde – also an die hundert wichtigen Menschen – wurde nach der Traumhochzeitsreise eine rauschende Party im Wiener Kursalon gefeiert, einem kleinen Palais, in dem bereits Johann Strauss für die High Society aufgegeigt hatte. Auf den Fotos wirkte alles so perfekt, dass sich der Verdacht der Inszenierung aufdrängen wollte. Aber warum das ganze Theater? Die einzige plausible, wenn auch abenteuerliche Erklärung war, dass Gustav Görlitz sein wahres Privatleben aus der Öffentlichkeit hatte heraushalten wollen und dafür ein zweites als Ablenkungsmanöver erfunden hatte.

»Kommen Sie weiter, Frau Görlitz ist jetzt bereit, Sie zu empfangen«, teilte die Dame am Empfang trocken mit und deutete auf den Terrassenausgang. Dort hatten sich elegante Urlauberfamilien zum Frühstück versammelt. Fast an jedem Tisch saß zumindest ein Kind, nur vereinzelt konnte man Paare erblicken. Eigentlich schön, dachte sich Ambra. Harmonie pur. Aber wer weiß, welche Dramen sich hinter den perfekten Fassaden abspielten? Wer mit wem eigentlich nicht mehr kann, aber gezwungen ist, gute Miene zum bösen Spiel zu machen. Sie versuchte, sich Gustav Görlitz in diesem Umfeld vorzustellen. Hatte er sich mit den anderen Gästen in Shorts und Leinenshirt frische Brioche und Obst vom Buffet geholt? War er aufgefallen oder schüttelten manche nur belustigt den Kopf, weil der nette grauhaarige Herr eine frappierende Ähnlichkeit mit dem Künstler Gustav Görlitz aufwies?

Monika Görlitz würde in wenigen Minuten einige dieser Fragen beantworten.

Sie erwartete sie bereits im Morgenmantel auf der durch den Garten erreichbaren Loggia ihrer Suite. Ihre Haare waren unfrisiert, die Augen rot verweint. Das ebenmäßige, fein gezeichnete Gesicht wirkte blass und müde. Anders als Johanna Görlitz – falls dies überhaupt ihr richtiger Name war – entsprach sie den Vorstellungen einer trauernden Witwe.

»Mein aufrichtiges Beileid, Signora Görlitz. Entschuldigen Sie, dass wir Ihnen diese traurige Nachricht nicht früher übermitteln konnten, aber leider wurden wir erst heute Morgen über Ihre Anwesenheit und Ihren rechtlichen Status als Hinterbliebene vom Anwalt der Familie informiert«, begann Vialli.

Ach so, dachte Ambra, das war wohl der Grund, warum Johanna Görlitz nicht mit uns sprechen wollte. Sie musste zuerst die Instruktionen des Anwaltes abwarten.

»Vielen Dank. Das sehe ich Ihnen nach. Unsere Familienverhältnisse waren in der Tat nicht gewöhnlich.« Monika Görlitz warf einen Blick in das Innere der Suite. »Meine Mutter kümmert sich um die Kinder. Mir wäre es recht, wenn sie jetzt ein wenig Ruhe hätten und nichts von unserem Gespräch mitbekommen würden. Können wir uns in den Park setzen?«

In diesem Moment erschienen zwei Mädchen mit langen honigblonden Zöpfen, vielleicht zehn und zwölf Jahre alt, an der Terrassentür. Monika Görlitz nahm sie sofort in ihre Arme.

»Meine Schätzchen, bleibt ein bisschen bei eurer Oma im Zimmer. Ich muss mit unseren Gästen etwas besprechen. Keine Sorge, es dauert nicht lange, dann bin ich ganz bei euch.«

Ambra fühlte einen Stich im Herzen. Sie musste an ihre Mutter denken. Auch sie hatte Ambra immer mit tausend Koseworten bedacht und wie viele italienische Mamas ihr ganzes Leben um sie herum ausgerichtet. Bis sie eines Tages nicht mehr war und die Nonna ihren Platz einnehmen musste. Keine leichte Aufgabe für eine doch bereits ältere Frau, einen jungen, hübschen Teenager an einem Ort wie Jesolo großzuziehen, der in den Sommermonaten seit jeher ein einziger Jahrmarkt der Eitelkeiten und Verführung war.

Mittlerweile hatten sie im weitläufigen Garten einen ruhigen Platz für ihre Unterredung gefunden. Ein Kellner brachte drei Espressi auf einem Silbertablett und platzierte sie auf einen winzigen Tisch direkt vor den hellen Gartenstühlen aus Rattan, zu denen Monika Görlitz sie geführt hatte.

Sie begann das Gespräch, ohne auf die Fragen Viallis zu warten.

»Ich denke, ich muss etwas ausführen, damit Sie im Bilde sind. Mein Mann und ich haben uns während unseres Studiums an der Akademie für Angewandte Kunst in Wien kennengelernt. Wir waren beide jung, haben viel Zeit miteinander verbracht und sehr bald wurden wir ein Liebespaar. Mehr noch, wir entwickelten ein gemeinsames künstlerisches Konzept. Sie müssen sich vorstellen, es waren die 1990er-Jahre in Wien, kurz nach der Öffnung des ehemaligen Ostblocks. Viele junge Menschen strömten aus diesen Ländern in die Stadt. Es gab eine pulsierende Szene, in der sich Kunst, Design, Musik und Aktionismus vermischten. Persönlichkeiten wie die DJs Kruder & Dorfmeister oder der Modeschöpfer Helmut Lang wurden zu internationalen Stars. Und auch wir hatten unsere große Stunde. Gustav war gut aussehend, charmant, mit jenem Hauch an Verwegenheit, den vor allem die einflussreichen Sammlerinnen so lieben. Kurz gesagt: Er ließ sich besser vermarkten als ich, die eher eine Beobachterin als eine Akteurin war.« Monika Görlitz nippte an ihrem Espresso. Bevor Ambra oder Vialli etwas erwidern konnten, fuhr sie fort. »Daher trafen wir die Entscheidung, uns auf seine Karriere zu konzentrieren. Er experimentierte als einer der Ersten mit digitaler Kunst. Gustav war nie ein großer Zeichner, aber er hatte die Ideen und das richtige Gespür für den Zeitgeist. Ich hingegen habe Geduld, die man braucht, um ein Konzept auf den Boden zu bringen. So hat das gut funktioniert: Nach außen der sprühende Künstler, im Hintergrund ich als seine verborgene Partnerin, die sich um die Umsetzung kümmerte.«

»Bis Johanna Görlitz in Ihr Leben trat und das sorgsam aufgebaute Gefüge ins Wanken brachte?«, unterbrach Vialli die Erzählung.

Monika Görlitz schüttelte heftig den Kopf. »Commissario, nein, ganz im Gegenteil. Johanna Görlitz war meine Erfindung und unsere Rettung.«

Nach einer kleinen Pause, in der sie ein Taschentuch aus ihrer Handtasche holte, fuhr sie fort. »Mit Ende 30 wollte ich endlich eine Familie gründen. Das war immer ein Teil unserer Abmachung gewesen. Wir kümmern uns zunächst darum, dass wir das Geschäft zum Laufen bringen, um dann unsere Vorstellung eines bürgerlichen Glücks, wenn Sie so wollen, leben zu können. Kinder, Hund, Haus mit Garten und in den Schulferien ein schöner Urlaub am Meer oder eine Städtereise. Viele Künstler tragen tief in ihrem Inneren diese Sehnsucht nach einem normalen Leben. Doch das ist nicht das Bild, das unser Publikum sehen will. Es hatte sich zudem an der Inszenierung von Gustav Görlitz als einsamen Wolf und ewig Suchendem sattgesehen. Etwas Neues musste her. Das war Johanna.«

»Und welche Rolle spielten Sie dann noch?« Vialli war so viel libertäres Beziehungswesen offensichtlich fremd.

»Ich konnte endgültig im Hintergrund verschwinden, mich auf die Geburt meiner ersten Tochter vorbereiten und unser Nest einrichten. Niemand wusste, dass wir verheiratet waren, und es fiel auch niemandem weiter auf, als ich mich zurückzog. Gustav lebte offiziell mit Johanna in seinem Atelier in der Wiener Innenstadt und ich richtete ein Haus am Stadtrand ein, in dem wir zunächst zu dritt und später zu viert ein von der Öffentlichkeit völlig unbemerktes Leben als Familie führten. Die Geschäfte liefen zwar immer noch über mich, aber ich habe ihn nicht mehr als seine Managerin zu den Partys begleitet. Dafür war nun Johanna zuständig. Ursprünglich hatte sie sich als Assistentin vorgestellt, inzwischen kümmerte sie sich umfassender um Gustav. Wenn er allein loszieht, ist die Gefahr groß, dass er in seltsame Kreise gerät.«

Ambra fiel auf, dass sie noch in der Gegenwartsform von ihrem Mann sprach. Der Schock war frisch, die Wucht der Erkenntnis und des Schmerzes würde sie erst in einigen Tagen treffen. Sie wollte nicht daran denken, aber die Bilder an ihre Mutter drängten sich in ihr Gedächtnis. Um sich auf das Jetzt zu konzentrieren, wagte sie es, eine erste Frage direkt an die Witwe zu stellen und somit Gefahr zu laufen, nach ihrem nicht vorhandenen polizeilichen Grad befragt zu werden.

»Signora Görlitz, verzeihen Sie mir, wenn ich Sie unterbreche, aber könnte es sein, dass diese seltsamen Kreise etwas mit dem Tod Ihres Mannes zu tun haben?«

Monika Görlitz schaute nur kurz von ihrer Espressotasse auf und beachtete Ambra kaum. Sie antwortete mit leiser, aber fester Stimme: »Ich hoffe es nicht. Allerdings kann ich es nicht ausschließen. Er kam uns zwar jeden Abend besuchen, bevor er zu den Vernissagen und Partys der Biennale aufbrach, aber er hat mir nicht mehr so viel erzählt wie früher. Ich hätte besser auf ihn aufpassen müssen. Haben Sie bereits seine Mäzenin Anna Theissen kennengelernt? Sie hat ihn am Nasenring bei allen Events herumgeführt und er musste für sie Männchen machen. Es würde mich nicht wundern, wenn sie ihn in dunkle Machenschaften hineingezogen hätte, die schließlich zu seinem Verhängnis wurden. Sie hat von ihm ständiges Entertainment verlangt, und dafür musste es auch bei Bedarf im Sommer schneien.« Die Bitterkeit in ihrer Stimme war nicht zu überhören.

Ambra kannte Anna Theissen. Eine selbstbewusst auftretende Unternehmerin, die sich seit einigen Jahren in der Kunstszene bewegte und offensichtlich über genügend große Summen verfügte, um als Kundin von den Galeristen hofiert zu werden. Art Basel, Art Miami oder die Biennale in Venedig – überall tauchte sie auf, und jene, die nicht ihre Möglichkeiten besaßen, ließ sie auf Instagram an ihrem glamourösen Lifestyle teilhaben.

»Kokain und Kunst, das ist eine Mischung, die ich bereits auf meinem Revier kennenlernen durfte. Wenn auch wahrscheinlich etwas weniger rein und teuer«, konstatierte Vialli. »Welchen Eindruck machte Ihr Mann gestern Abend auf Sie? Wirkte er nervös? Hat er Ihnen erzählt, was er am ›Gommissima‹ wollte?«

»Ich dachte, das hätte Ihnen mein Anwalt bereits am Telefon gesagt. Mein Mann war gestern Abend nicht hier. Es war auch kein Treffen vereinbart. Möglicherweise wollte er spontan vorbeikommen, das wäre jedoch ungewöhnlich gewesen. Wir hatten noch kurz nach Ihrem Interview telefoniert, Frau Santoro. Er sagte, dass er den Abend mit Johanna und Frau Theissen bei einem Artist Dinner auf dem Arsenale verbringen würde. Mir ist rätselhaft, warum er dennoch vorher nach Pineta gekommen ist.«

Vialli spielte mit dem Zuckersäckchen, das er zur Hälfte für seinen Espresso aufgebraucht hatte. Dann ließ er den restlichen Inhalt in die Tasse rieseln. »Wie es aussieht, ist unsere heißeste Spur der Schneemann oder auch eine Schneekönigin. Könnten Sie mir die Handynummer von Frau Theissen geben?«

5.

Ambra musste dringend in der Redaktion anrufen. Sie hatte bereits die tägliche Sitzung um neun Uhr sausen lassen, an der sie meistens per Video-Schaltung teilnahm, und sich dafür nicht einmal abgemeldet. Mit solchen Verhaltensweisen konnte man den ohnehin wenig geduldigen Chefredakteur Orlindo Mangianino ordentlich reizen. Entsprechend angenehm war das Telefonat.

»Ambra, wo zum Teufel steckst du? Sogar bei einem Schönheitswettbewerb bekommt man kein Krönchen, wenn man zu spät über den Laufsteg läuft.«

»Du wirst mir eine Schärpe mit einer Festanstellung umhängen, wenn ich dir die ganze Story liefere. Bitte gib mir noch einen Tag Außendienst, und ich bringe dir einen Aufmacher, der uns alle berühmt machen wird!«

»Bis morgen früh. Deine Späße sind übrigens mittlerweile genauso schlecht wie meine.«

Immerhin hatte sie ein kleines Zeitpolster ausgehandelt. Sie war sicher, dass sie noch nie so nah an einen »Scoop«, einer Sensation, die sie schlagartig in die landesweiten Nachrichten bringen würde, herangekommen war. Doch nun musste sie diesen Scoop auch landen und dann an das Publikum bringen. Puzzleteilchen zusammenfügen, einen roten Faden erkennen und ausformulieren. Allzu schnell zerfiel das spektakuläre Bild, das man sich gemacht hatte, bei näherem Hinsehen zu einem banalen Ereignis. Oder wie Mangianino sich auszudrücken pflegte: »Eine gute Recherche haut jede Geschichte zusammen!«

Also noch einmal mit kühlem Kopf die Fakten durchgehen: Sie hatte Gustav Görlitz um drei Uhr nachmittags am Strand des Excelsior am Lido in Venedig interviewt. Dabei gab er die üblichen Floskeln von sich, ohne den geringsten Hinweis auf das tragische Schicksal, das ihn wenige Stunden später ereilen sollte. War Ambra vielleicht doch irgendetwas entgangen? Sie musste das Material später noch einmal Minute für Minute sichten, Szene für Szene in ihrem Schnittprogramm auf dem Computer zu Hause durchgehen. Görlitz hatte kurz nach ihr um 16 Uhr das Hotel verlassen. Vom Lido nach Venedig benötigte man mit Boot und Auto mindestens eine Stunde. Bereits zwei Stunden später wurde er von Gaetano Mancuso tot am Hals eines aufgeblasenen Clowns aufgefunden. Mit einem Messer getötet, durch einen heftigen Stich aus nächster Nähe. »Il bacio di Tosca«: Ambra musste an ihre Lieblingsoper denken, die sie mit ihrer Nonna mehrmals im Teatro La Fenice in Venedig gesehen hatte. An der dramatischsten Stelle stieß Tosca dem liebeshungrigen Bösewicht Scarpia mit den Worten »Das ist der Kuss von Tosca« einen Dolch in den Brustkorb. Waren auch beim Mord an Görlitz Leidenschaft, Rache und Eifersucht im Spiel gewesen? Bei dem unkonventionellen Beziehungsleben des Künstlers konnte es gut sein, dass sich nicht alle in diesem Arrangement so wohlfühlten, wie es den Anschein machte. Womöglich gab es weitere Protagonistinnen im Hintergrund oder gekränkte Affären, die noch eine Rechnung mit dem Künstler offen hatten. Vielleicht hatte er sich an jenem Spätnachmittag mit dem Täter oder der Täterin im »Gommissima« verabredet. Keine zweihundert Meter entfernt von der diskret zu erreichenden Gartensuite seiner heimlichen Ehefrau.

Vialli wollte die Spur im Schnee verfolgen: War es beim Treffen mit einem Dealer zu Streitigkeiten gekommen? Wurde Görlitz erpresst oder gab es Unstimmigkeiten über die Bezahlung? Ambra glaubte nicht, dass ein Star wie Görlitz sich persönlich um solche Besorgungen gekümmert hätte. Aber wer weiß, in dieser Szene war wenig auszuschließen und vieles nicht rational begründet.

Ambra wählte auf ihrem Handy eine Nummer, die sie mittlerweile auswendig kannte.

»Commissario? Bist du bereits auf dem Weg ins Excelsior? Mir ist ein kleines Detail eingefallen, das ich dir unbedingt vor Ort zeigen möchte. Ich kann in einer halben Stunde am Piazzale Roma sein.«

Ambra grübelte. Was könnte sie Vialli als bahnbrechende Erkenntnis auftischen? Sie hatte geblufft. Aber in seinem Windschatten zu segeln, war derzeit die einzige Möglichkeit, um doch noch bis morgen früh so etwas wie »Breaking News« in der Redaktion zu verkünden. Auf dem Weg zur Garage, die in einem kleinen Zubau neben dem Bungalow angebracht war, rief sie ihre Verbündete in der Redaktion, ihre Mentorin und Kollegin Marga Libera, an. Die Grande Dame des Lokalsenders zählte zu den absoluten Publikumslieblingen und konnte mit ihren Kommentaren auch in den sozialen Medien zehntausende Anhänger mobilisieren. Mangianino, dem bei all seinen charakterlichen Eigenheiten stets der Erfolg des Senders wichtiger als sein Ego war, wusste dies zu schätzen.

»Marga, bitte, ich benötige deine Hilfe. Könntest du mein gesamtes Material vom Interview mit Gustav Görlitz durchsehen? Ich habe alles auf den Server geladen. Schreib mir, falls dir irgendetwas auffällt. Es ist wichtig.«

»Keine Sorge, das mach ich. Ich reagiere einfach, wenn mir etwas seltsam vorkommt.« Margas raues Lachen verriet, dass ihr die Rolle des Spürhundes Spaß bereitete. »Aber ich kann das erst nach meiner Kolumne machen. Du weißt, bei meiner Terminplanung bin ich eisern.«

»Danke, Marga! Dafür lade ich dich ins Nettuno zu einer riesigen Platte Antipasto di Mare ein!«

»Okay. Nicht vergessen, der rohe Fisch schwimmt am besten in Prosecco.«

Ambra war erleichtert. Marga hatte einen untrüglichen Instinkt dafür, ob eine Story »heiß« war oder nicht. Wenn sie erst einmal die Fährte aufgenommen hatte, entging ihr kein Detail.

Ambra drückte die Fernbedienung, um das Garagentor zu öffnen. Die Nonna hatte in den vergangenen Jahren alles perfekt instand gehalten. Obwohl sie in ihrer Villa am Fluss Piave selbst genug zu tun hatte. Ambra würde sie morgen früh anrufen. Normalerweise hörten sie sich täglich kurz beim Frühstück. Besser gesagt, sie sahen sich über Video-Telefonie. Diese Angewohnheit aus den »Mailänder Jahren« hatten sie beibehalten. Immer rief Ambra ihre Nonna an, und wenn sie es einmal nicht tat, wusste die Nonna, dass Ambra durch Mangianino oder andere Naturgewalten verhindert war.

Das flaschengrüne Alfa-Romeo-Cabrio, Baujahr 1970, das nun aus der Garage ragte, war durch die Pflege der Nonna über die Jahrzehnte zu einem Oldtimer-Schmuckstück gereift. Mehr noch zählten die vielen Erinnerungen, die Ambra mit dem Auto verband. Die Fahrten nach Venedig, am Steuer die Nonna, sie auf dem Rücksitz und neben ihr meist ihre Mutter, die ihre Hände fest drückte.

Der italienische Super-Pop-Influencer-Star Fedez trällerte »La Dolce Vita« aus dem originalen und noch immer funktionierenden Autoradio.

Was wäre das Leben ohne die Liebe? Ambra sang mit und versuchte vergeblich, dabei nicht an Vialli zu denken.

Der Commissario hatte sich einen doppelten Espresso bestellt und wartete vor der Bar neben der Parkgarage auf sein Getränk. Der Piazzale Roma war wie immer von Bussen, Autos und Urlaubern mit Rollkoffern okkupiert.

»Werden nicht irgendwann alle Menschen dieser Erde einmal in Venedig gewesen sein? Zumindest im Durchschnitt müssen wir diese Zahl doch längst erreicht haben«, scherzte er mit der resoluten Bedienung, die gerade einen Tisch abwischte.

»Ich frage mich eher, ob alle wirklich sicher sind, dass sie sich in Venedig und nicht in Disneyland befinden. Gestern fragte mich ein Tourist, wann die Stadt schließt!«

Beide mussten lachen. Über die Besuchermassen die Augen zu verdrehen, gehörte dazu, aber gleichzeitig hatten sich die Venezianer aufrichtig gefreut, als nach der Pandemie die ersten Gäste wieder vorsichtig in die Lagune zurückkehrten. Der »Malumore«, die schlechte Laune, gehörte zum Charme Venedigs dazu, ähnlich wie in Wien, der Stadt, aus der Viallis Mutter stammte.

Plötzlich drehte sich ein ganzer Pulk Rollkofferträger in eine Richtung und zückte synchron die Handykameras. Schnell erkannte er, dass ein Alfa-Romeo-Cabrio mit einer beinahe kitschig schönen Fahrerin am Steuer die Ursache für den Tumult war.

»Ambra, ich konnte nicht ahnen, dass du heute einen Auftritt wie Sophia Loren bei den Filmfestspielen geplant hast. Ansonsten hätte ich mir Giannino als Unterstützung für deine Sicherheit mitgenommen!«, rief ihr Vialli zu.

»Mach dir keine Sorgen, ich kann mich im Handumdrehen in die sensationsgierige Reporterin zurückverwandeln, die ich normalerweise bin. Eine Kamera im Anschlag ist die beste Verteidigung«, entgegnete sie, während sie den Wagen mühsam in eine kleine Parklücke direkt vor der Bar zwängte.

Eine Kamera im Anschlag ... Ambra hatte plötzlich ein Bild vor ihrem inneren Auge. Gustav Görlitz, der nervös auf sein Handy starrte. Kurz vor dem Interview waren mehrere Nachrichten bei ihm eingegangen, die er sofort hektisch geöffnet hatte. Dann hatte er sich zu ihr gedreht und um ein gemeinsames Selfie gebeten. »It's showtime! Ich muss meine Fans ständig beschäftigt halten, damit ich auf Instagram weiterhin interessant bleibe. Die Algorithmen sind eine Kunst für sich.« Ambra hatte sich nichts weiter dabei gedacht und ganz Ex-Miss-Jesolo in die Kamera gegrinst.

»Hast du eigentlich das Handy von Gustav Görlitz ausgewertet? Mir ist eingefallen, dass er die ganze Zeit Nachrichten erhalten hat«, sagte sie an Vialli gerichtet.

»Vielen Dank, das musstest du mir also unbedingt persönlich mitteilen? Wie du dir vorstellen kannst, lassen wir sein Handy und die Überwachungskameras vom ›Gommissima‹ exakt auswerten. Die Ergebnisse erhalten wir in einigen Stunden. Aber jetzt los! Frau Theissen hat nur bis 12 Uhr Zeit, wir müssen uns also wieder ein Taxiboot leisten. Sie hat außerdem gesagt, dass sie auf keinen Fall dieser aufdringlichen Journalistin begegnen möchte, die gestern im Excelsior herumschwirrte. Hast du eine Ahnung, wen sie meinen könnte?«

»Ambra Santoro! Das ist doch nicht die Möglichkeit!« Ein Mann mit Borsalino-Hut, getönter Brille und wild gemustertem Hemd zum leger geschnittenen cremefarbenen Leinen-Anzug winkte euphorisch zwischen den maurisch anmutenden Statuen in der Empfangshalle des Excelsior. »Wie lange haben wir uns nicht gesehen? Ganz Mailand trauert deiner Schönheit nach. Bist du auch von unserem lieben Conte Volpi zu der Eröffnung von Gustavs letzter Ausstellung eingeladen worden? Ist ja ein bisschen morbid das Ganze, aber was soll's, die Kunst ist unsterblich. Er wird in seinen Werken weiterleben. Könnten wir bitte, bitte gemeinsam hingehen?«

Viallis perplexes Gesicht sprach Bände. Ambra bemerkte es mit Verwunderung. Er müsste doch die schrägen Vögel der Mailänder Szene aus dem Nachtleben in Jesolo zur Genüge kennen. Bevor sie dem Herrn mit Borsalino-Hut antworten konnte, schwebte eine ätherisch anmutende Gestalt in einem beeindruckend koordinierten Seiden-Ensemble von Pucci die Treppe herab. Anna Theissen gab sich die Ehre.

Der Borsalino-Hut drehte sich blitzschnell um 180 Grad. »Annina, Annina! Welch Freude, so viel Eleganz bereits früh am Morgen erleben zu dürfen! Wir sind uns bei der Eröffnungsparty nur ganz kurz begegnet, aber ich habe sehr gehofft, dass wir uns in diesen Tagen noch einmal über den Weg laufen. Und wie es der Zufall will, hier sind wir«, säuselte er mit einem gackernden Unterton, der gut zu seinem gockelhaften Erscheinungsbild passte.

Der leicht angewiderte, eisige Blick von Frau Theissen war unschwer zu deuten. Ohne ein Wort winkte sie Vialli zu sich. »Sind Sie der Commissario? Kommen Sie bitte mit. Ich möchte unter vier Augen mit Ihnen sprechen«, flüsterte sie ihm ins Ohr. Ambra, die sich sofort an die beiden herangepirscht hatte, konnte die Botschaft gerade noch verstehen.

Sie blieb allein mit ihrem Bekannten aus Mailand in der Lobby zurück.

»Also, hast du eine Einladung für morgen Abend?«, fragte dieser etwas kühler als zuvor. Ihm war nicht entgangen, dass Anna Theissen Ambra aus dem Augenwinkel wahrgenommen, dann aber ignoriert hatte. Ambra spielte somit höchstwahrscheinlich auf dem VIP-Ranking noch immer nur im unteren Drittel mit.

»Noch nicht«, sagte Ambra. »Aber das werden wir gemeinsam ändern.«

Anna Theissen führte Vialli zu einem Café, das sich nur einen kurzen Spaziergang von der Hotelanlage entfernt gegenüber dem Palazzo del Cinema befand. Während des Filmfestivals wimmelte es hier von Journalisten, noch nicht entdeckten Stars und den Goldgräbern der Branche. Außerhalb dieser zwei Wochen war es für venezianische Verhältnisse angenehm ruhig.

»Gehen wir nach draußen, dort können wir uns ungestört unterhalten. Pietro, für mich einen doppelten Espresso und eine Brioche mit Crema«, sagte sie in fließendem Italienisch. »Das Frühstücksbuffet im Hotel habe ich leider verpasst. Seit gestern ist mir leicht schwindelig und ein wenig übel. Ich konnte das Zimmer nicht verlassen. Damit ich mich erhole, habe ich ausnahmsweise vor dem Einschlafen eine Tablette genommen. Entschuldigen Sie bitte, wenn ich noch etwas benommen wirke.«

»Ich möchte mich bedanken, dass Sie so schnell Zeit für unser Gespräch gefunden haben. Mir wurde berichtet, dass Sie zu den engsten Vertrauten von Gustav Görlitz gehörten. Leider sind wir hinsichtlich der Umstände seines Todes und der Motivlage noch nicht zu einem abschließenden Ergebnis gekommen. Umso wichtiger ist für uns jedes kleine Detail, das helfen könnte, die Nebel zu lichten. Ist Ihnen in letzter Zeit eine Veränderung an ihm aufgefallen oder gab es einen Hinweis darauf, dass er bedroht wurde?«

Anna Theissens straffes Gesicht machte es Vialli schwer, eine Gefühlsregung festzustellen. Er hatte von Mafiosi gehört, die sich vorsorglich Botox spritzen ließen, um sich bei brisanten Gesprächen nicht mit ihrer Mimik zu verraten.

»Es stimmt, dass wir sehr viel Zeit miteinander verbracht haben. Aber ich bin absolut ehrlich zu Ihnen: Es war eine Beziehung auf Distanz, nicht im amourösen Sinne, sondern eher so etwas wie ein Geschäftsverhältnis. Ich habe seine Werke gekauft, den Preis in die Höhe getrieben und die Presse dahingehend gelenkt, dass wir immer an vorderster Front abgelichtet wurden. Glamour, Geld und Kunst, das ist eine Kombination, die ausgezeichnet in die Klatschspalten passt. Das war unser Deal. Ich habe absolut keine Ahnung, warum er ermordet wurde und was er ausgerechnet in diesem aufgeblasenen Gummipark wollte.«

»Wussten Sie, dass er neben seiner offiziellen Partnerin in aufrechter Ehe mit Frau Monika Görlitz lebte? Sie hält sich mit den gemeinsamen Kindern in unmittelbarer Nähe des ›Gommissima‹ in einem Hotel auf und wurde dort von Herrn Görlitz regelmäßig besucht.«

»Ach so, das meinen Sie.«

Anna Theissen zupfte ihre Brioche in zwei Hälften und biss in jene, aus der mehr von der hellgelben Vanillecreme quoll. Offensichtlich war sie nicht auf den Low-Carb-und-no-Sugar-Zug aufgesprungen. Sie ließ sich mit der Antwort Zeit.

»Wissen Sie, ich urteile nicht. Jeder muss seine Entscheidungen treffen und die Konsequenzen tragen. Ich genieße einfach das Leben. Ob Sie es glauben oder nicht, ich habe mir meine Privilegien sehr hart verdient. Es ist nicht einfach, 20 Jahre mit einem Idioten verheiratet zu sein!« Sie lachte schrill auf. »Verzeihen Sie, ich befinde mich in einer Ausnahmesituation, dazu die Wirkung der Schlaftablette und ein Glas Sekt zum Aufwachen.«

Vialli hatte bereits in einigen Fitness-Magazinen gelesen, dass Zucker eine Volksdroge sei. Gemeinsam mit Alkohol und Tabletten entfaltete sie offenbar eine beträchtliche Wirkung.

»Im Ernst«, fuhr sie in sachlicherem Ton fort. »Gustav Görlitz und ich haben gemeinsam einige Partys besucht, viel Zeit miteinander verbracht, aber unsere Ehen waren dabei nichts, worüber wir uns groß unterhalten hätten. Natürlich wusste ich, dass er im Grunde seines Herzens ein Spießer war, der nichts lieber tat, als bei seinem Frauchen Monika und den Kindern auf der Couch zu liegen und Serien zu schauen. Aber so verkauft man nun mal keine Bilder. Ich hingegen hasse es, in meiner Vorstadtvilla in München herumzulungern und zu spüren, dass ich trotz all des Geldes meines Mannes und der vielen Jahre, die ich bereits in der sogenannten gehobenen Gesellschaft verbringe, noch immer nicht akzeptiert bin. Man findet mich provinziell und ein bisschen peinlich. Gustav war mein Ticket zu den besseren Partys. War ja ein gut gehütetes Geheimnis, dass er selbst ein Doppelleben als Biedermann führte.«

»Sie wussten also von den Besuchen im Hotel Bellavista. Warum hat Sie der Fundort der Leiche dann derart erstaunt?«

»Nicht Jesolo ist das Erstaunliche, sondern diese geschmacklose Hüpfburg. Als wäre es eine Hommage an sein großes Vorbild Erwin Wurm. Sie wissen schon, der österreichische Künstler, der mit One-Minute-Sculptures und Installationen von aufgeblasenen Objekten bekannt wurde.«

Vialli sagte der Name nichts, er nahm sich aber vor, später bei Professor Google nachzufragen.

»Es gibt Gerüchte, dass Sie gemeinsam mit Herrn Görlitz Drogen konsumiert haben. Vielleicht hat er sich dort mit seinem Dealer verabredet?«

»Lieber Commissario, ich muss Sie enttäuschen. Derzeit halte ich mich streng an Champagner und Gin Tonic. Außerdem: Man schickt doch nicht ein prominentes Gesicht wie das von Gusti los, um Drogen zu besorgen. Da gibt es andere Möglichkeiten.«

»Es muss einen Grund geben, warum wir ihn erstochen in einem Vergnügungspark aufgefunden haben. Denken Sie bitte nach, jede Kleinigkeit könnte uns helfen.«

Theissen blickte ihm tief in die Augen.

»Ich bin die Falsche für Ihre Suche. Seit ich ihn vor drei Jahren kennengelernt habe, gab es für ihn nur Arbeit, Familie und die berechneten Auftritte, um seine Werke zu vermarkten. Vernissagen, Charity-Events und all die Veranstaltungen, bei denen Kunst in erster Linie dazu dient, dass reiche Leute bei ihren Drinks ein unverfängliches Gesprächsthema haben, waren für ihn lediglich Pflicht und nicht Kür.«

»Dabei geht es um sehr viel Geld. Da kann es leicht passieren, dass es zu Unstimmigkeiten bei der Bezahlung kommt. Hatte Gustav Görlitz Liquiditätsprobleme?«

»Nicht seitdem wir uns näher kennen. Da werden die beiden Damen Görlitz – ich weiß ja nicht einmal, wie Johanna tatsächlich heißt – profunder Auskunft geben können. Es gibt natürlich nichts Undurchsichtigeres als den Kunstmarkt. Im Prinzip funktioniert es doch immer wie bei ›Des Kaisers neue Kleider‹, falls Sie das Märchen kennen.«

Vialli kannte es. Seine österreichische Großmutter hatte es ihm manchmal vor dem Einschlafen vorgelesen.

»Wer traut sich schon zu rufen, dass der Kaiser nackt ist oder ein hochgelobtes Kunstwerk banaler Kitsch?« Anna Theissen schüttete eine Packung Zucker in ihren Espresso. Sie kam in Fahrt. »Ich kann Ihnen versichern, dass ich bei Weitem nicht alles verstehe, was hier auf der Biennale gezeigt wird. Und dennoch kaufe ich es. Am Anfang bin ich mit einer Kunstgeschichte-Professorin und einem Notizheft durch die Museen und

Galerien geschlendert, um hinter das Geheimnis zu kommen. Heute glaube ich zu wissen: Es gibt keines. Der Kunstmarkt ist nackt, aber er funktioniert wunderbar als Umschlagplatz der Eitelkeiten und der Millionensummen, die dort diskret verschoben werden können.«

Nun gut, das könnte dann doch eine Spur sein, dachte sich Vialli, bevor er sich ein Beispiel an Frau Theissen nahm und in eine knusprige Brioche mit fluffiger Crema Pasticcera biss. Dolce Vita ohne schlechtes Gewissen, auch das war eine Kunstform, die man nur schwer erlernen konnte.

Ambra wartete auf ihn. Sie saß auf der Terrasse, am selben Tisch wie am Vorabend. Ein beflissener Kellner hatte mehrere Schälchen mit Oliven, Nüssen und Chips neben einem Glas mit leuchtend roter Flüssigkeit arrangiert.

»Noch einen Bitter oder jetzt etwas mit ein paar Prozenten? Ich lade Sie gerne auf einen Bellini ein«, fragte er mit einem Lächeln, das ihm beim Anblick des sich nähernden Vialli einfror.

»Bitte gerne auch für mich aufs Haus!« Vialli grinste.

Neben Ambra war ein Platz frei. Ihr Bekannter aus Mailand, dessen Namen sie noch immer nicht kannte, da es irgendwann einfach zu peinlich gewesen war, um danach zu fragen, war bereits verschwunden. Immerhin hatte sie zuvor mit seiner Hilfe eine Einladung zur Party morgen Abend im Palazzo Volpi organisiert. Die Presse war vom Event ausgeschlossen, aber »AmbraAmbra«, eine Art-Influencerin aus Mailand, in Begleitung ihres Managers Mr. Borsalino, sei herzlich willkommen. Der Star der Ausstellung war abwesend, aber der Mord an ihm würde bei der versammelten Gesellschaft Gesprächsthema Nummer eins sein.

»Alles klar, Herr Kommissar?« Wie die meisten Einwohner von Jesolo sprach auch Ambra ein wenig Deutsch. Die »Tedeschi« und »Austriaci« waren die treuesten Gäste des Ortes und sie schätzten es, wenn man ihnen mit ein paar Worten in ihrer Muttersprache Sympathie signalisierte. Vialli beherrschte die Sprache dank seiner österreichischen Wurzeln recht passabel. Das hatte Ambra gestern Nacht während der Heimfahrt in seinem Auto bemerkt. Im Radio lief ein 80er-Jahre-Hit von Falco und er hatte den Refrain laut mitgesungen.

»Nicht so klar, wie es mir recht wäre. Wir haben drei Frauen und einen Todesfall. Anna Theissen, Johanna und Monika Görlitz stören sich angeblich nicht aneinander, und der Künstler war mehr Biedermann als in Künstlerkreisen erwünscht. Bleibt noch die Spur des Geldes. Für die Kunstwerke von Görlitz wurden große Beträge bezahlt. Der Wert wird dabei zur Gänze zwischen Käufer und Verkäufer verhandelt, wobei die Produktionskosten äußerst variabel sind. Hörst du es auch klingeln?«

In der Tat piepste Ambras Handy. Sie nickte Vialli zu und kramte es aus der übervollen Handtasche.

»Wir müssen uns treffen. Heiße Fährte. 18 Uhr Nettuno?« Marga hatte angeschlagen.

6.

Eine goldgelbe Sonne breitete sich auf dem weißen Grund immer weiter aus. Etwas grobes Meersalz darüber und das Ganze mit einem Stück frischem Weißbrot aufwischen: Es gab nichts Besseres, um einen Abend bei Natalino in der Pizzeria Nettuno einzuläuten. Von außen wirkte das Restaurant unscheinbar. Bierwerbung, Holztische und weiße Plastikstühle ließen nicht erahnen, dass es sich hier nicht nur um einen einfachen Pizza-Laden handelte, sondern um eines der besten Fisch-Restaurants in Jesolo Pineta. Praktischerweise befand es sich nur fünf Gehminuten von Ambras Bungalow entfernt und in direkter Nachbarschaft zum nun über die Landesgrenzen hinaus bekannten »Gommissima«.

»Gaetano kann noch nicht abschätzen, ob die ganze Aufregung gut für sein Geschäft war oder nicht. Aber wie du siehst, die Kinder springen bereits wieder. Dennoch bittet er seit dem Vorfall seinen Sohn, ihn am Nachmittag zu begleiten. Es ist nicht schön, allein eine Leiche zu entdecken, auch nicht für einen so coolen Typen wie ihn.« Marga schmunzelte. Ambra konnte sich gut vorstellen, dass Marga und Gaetano vor einigen Jahren …

»Genug von Gaetano. Ich muss dir etwas zeigen. Wie du es dir gewünscht hast, habe ich heute das ganze Material auf dem Server durchgesehen. Und nicht nur das. Bei den Fotoagenturen gibt es unendlich viel Material von Gustav Görlitz.« Marga holte ihren Laptop aus dem großen Bast-Korb, der neben ihr auf dem Boden stand und offensichtlich Archiv, Buchhaltung und Hausapotheke aufbewahrte.

»Auf den meisten Bildern ist er mit Johanna Görlitz oder Anna Theissen zu sehen. Im Archiv konnte ich jedoch auch einige Aufnahmen mit Monika Görlitz finden. Er steht natürlich immer im Mittelpunkt. Früher hat man solche Typen in den Society-Kolumnen als Maler-Fürsten bezeichnet. Damit ist wohl alles gesagt. Dieser Herrscher scheint so seine Eigenheiten gehabt zu haben. Unter anderem hatte er wohl eine Vorliebe für Madonnen-Anhänger, die sowohl von Frau als auch von Zweitfrau getragen werden.«

Ambra zoomte die Bilder heran. Richtig. Das Medaillon mit eingravierter Madonnen-Figur mit Kind war ihr bereits an der Halskette von Monika Görlitz aufgefallen. Nun sah sie, dass Johanna Görlitz ein ganz ähnliches, wenn nicht identisches Modell getragen hatte.

»Es ist ja nicht so unüblich, dass Männer ihren Frauen immer die gleichen Geschenke machen«, meinte Ambra. Das wusste sie aus eigener Erfahrung. Ein romantisches Wochenende in Taormina, eine schön gerahmte Erinnerung oder auch der Wortlaut einer Liebeserklärung: Nicht immer waren die Zeugnisse großer Leidenschaft Unikate.

»Ganz recht, meine Liebe. Und wie erklärst du dir dann, dass diese junge Dame auch eine solche Madonna um den Hals trägt?« Triumphierend öffnete Marga das Video von Ambras Interview mit Gustav Görlitz. Nach wenigen Minuten erschien im Hintergrund eine junge Frau, die die Szene kurz beobachtete und dann wieder von der Bildfläche verschwand. Marga stoppte die Aufnahme, zog einige Bilder aus einem Ordner, den sie auf dem Desktop angelegt hatte, und legte sie daneben.

»Dieselbe Frau. Sie bewegt sich immer wie ein Schatten hinter der Görlitzschen Entourage. Nie sieht man sie im direkten Kontakt, immer beobachtet sie und meistens wendet sie ihren Kopf von den Kameras ab. Das alles wäre bereits eine kleine Klatschgeschichte, zur Sensation wird sie, weil sie, wie wir sehen, auch zum geheimnisvollen Club der Madonnen gehört.« Marga zeigte auf ein Foto, das den Ausschnitt der Dame und das Medaillon fokussierte. Mit dem Prosecco-Glas in der Hand triumphierte sie: »Haben wir es mit einer polyamoren Gemeinschaft, einer Künstlergruppe oder sonst einem Syndikat zu tun?«

»Du bist einfach die Beste, Marga.« Ambra drückte ihr einen Kuss auf die Wange. Dann scrollte sie weiter durch die Bildergalerien und stoppte bei einer Aufnahme, die den Künstler mit Anna Theissen zeigte. »Sie gehörte jedenfalls nicht dazu«, bemerkte Ambra. Viel wichtiger als dieses Detail war aber die Frage nach der geheimnisvollen Frau, die sich im Hintergrund von Görlitz aufhielt. Ambra versuchte, sich an die Unbekannte zu erinnern, aber sie war wohl zu sehr auf ihr

Gespräch mit dem Künstler konzentriert gewesen und darauf, die Aufnahmen ohne Hintergrundgeräusche hinzukriegen. »War der Mord doch eine Tat aus Leidenschaft? Folge einer amourösen Verbindung, die zwischen Ekstase und Abhängigkeit changierte und auf einer Seite völlig aus dem Ruder lief?«

»Eine toxische Liebe. Gut möglich. Gustav Görlitz hatte mit Sicherheit narzisstische Tendenzen und konnte nicht genug Bewunderung bekommen. Dabei stand natürlich immer er im Mittelpunkt. Wobei: Sowohl Monika als auch Johanna Görlitz wirken sehr selbstbestimmt. Vielleicht war es in diesem Fall der Mann, der nicht mit der offenen Beziehung zurechtkam?«

»Ambra, Ambra, Ambra, bitte, wenn du eine offene Beziehung möchtest, ich bin dazu bereit!« Lachend stellte Natalino, die gute Seele des Hauses – oder wie man in Kunstkreisen sagen würde, der kulinarische Kurator und Schöpfer –, zwei dampfende Teller mit Spaghetti Vongole auf den Tisch. »Noch einen Prosecco? Ich lade euch darauf ein. Zwei so schöne Frauen sind das beste Schaufenster für mein Lokal. Vielleicht sucht ihr bei Jesolo24 ja wieder einmal den attraktivsten Koch der Stadt? Ich sage euch, vergesst Manager, Millionäre und Milliardäre: Liebe geht durch den Magen und ist nur eine Frage des Geschmacks!«

Wie vielen Frauen hatte Natalino heute bereits dieses Gedicht aufgesagt? Doch genau wie seine Pasta mit Meeresfrüchten verfehlte es nie seine Wirkung. Das vollkommene Rezept muss nicht verändert werden. Nur die Kunst verlangte stets das Neue. Seit der Erfindung der

Fotografie war sie umso mehr von der Originalität des Konzeptes abhängig. Wer bestimmte letztendlich, was Kunst, Kunsthandwerk oder einfach perfekte Routine war? Gustav Görlitz hatte sich als Ausgleich zu diesem ständigen Zwang, noch nie Dagewesenes zu schaffen und zu vermarkten, ein paralleles Leben als Familienmensch aufgebaut. Vielleicht gab es noch weitere Identitäten, die er verborgen hatte.

»Die Seele ist ein weites Land«, seufzte Marga. »Wenn ich mich über diesen Teller Spaghetti beuge und den Duft ganz tief einatme, bin ich einfach zufrieden. Knoblauch, Petersilie, Vongole und Olivenöl, so schmeckt das Glück für mich. In meinen guten Zeiten als Reporterin habe ich die ganze Welt bereist. Ich habe im Mandarin Oriental in Bangkok Spaghetti Vongole bestellt, im Cipriani in New York, im White Rabbit in Moskau und an vielen anderen fantastischen und aufregenden Orten. Nie waren sie so gut wie hier bei Natalino. Weißt du, was sein Geheimnis ist? Nicht nur das Wasser, die Pasta, die frischen Muscheln. Nein, es ist etwas Wichtigeres. Er vertraut darauf, dass das Vollkommene, auch wenn es noch so einfach ist, nicht verändert werden muss.«

»Vielleicht sind wir auch einfach zwei Provinzhühner aus Jesolo, die sich in der Welt der Reichen und Mächtigen immer etwas fremd gefühlt haben.« Ambra lachte mit einer Gabel Spaghetti vor dem Mund. Doch im Grunde gab sie ihrer Freundin recht. Sie war nicht nur aus Mailand zurückgekehrt, weil sie das Gefühl gehabt hatte, dort in ihrem Leben nicht voranzukommen. Nach dem Studium und einigen passablen, aber nicht herausragenden Jahren als Model hatte sie sich auf den Job in der Galerie konzentriert. Doch sie hatte weder den finanziellen Background noch die gesellschaftlichen Verbindungen, um wirklich ernst genommen zu werden. Da nutzte auch das mit Bestnoten abgeschlossene Kunstgeschichtestudium wenig. Die reichen Töchter und Söhne konnten einen Master von den besseren Universitäten vorweisen und, was noch mehr zählte, sie verbrachten ihre Ferien in Saint-Tropez und St. Barths, auf den gleichen Jachten wie die wichtige Klientel, die es stets zu umgarnen und unterhalten galt. Irgendwann hatte sie den ganzen oberflächlichen Small Talk und die dahinter lauernde Rivalität nicht mehr ausgehalten und ihre Koffer gepackt. Das war der Grund, warum sie nun wieder wie in ihren Kinder- und Jugendtagen in der Pizzeria Nettuno saß und über das Leben anderer Menschen nachdachte.

»Ich darf die Story über Gustav Görlitz einfach nicht in den Sand setzen. Bis morgen muss ich Mangianino eine gute Headline liefern, sonst zieht er mich von der Geschichte ab und ich kann wieder das Ranking der angesagtesten Beach-Bars übernehmen.«

»Wir haben doch etwas. Den Club der Madonnen. Du musst dich nur trauen«, sagte Marga und zog den letzten Spaghetto geräuschvoll in den Mund.

7.

Die Geschichte hatte eingeschlagen. Der Titel trug eindeutig Mangianinos feine Handschrift: »Immer mehr Rätsel im Görlitz-Mord: Wer kennt die geheimnisvolle Madonna im Hintergrund?« Zumindest hatte Ambra ihn überreden können, die Töchter des verstorbenen Künstlers aus dem Artikel herauszulassen. »Jammerschade«, hatte er geseufzt. »›So jung, so schön, so traurig‹. Das hätten mir die Leute aus der Hand gerissen.« Die Klickzahlen waren dennoch durch die Decke gegangen und das Video-Material wurde von Sendern in ganz Europa nachgefragt. Ambra war nicht stolz auf die Story. Sie wusste sehr wohl, dass es eine Räuberpistole war. Aber sie erkaufte sich damit Zeit, um zu recherchieren und den wirklichen Scoop an Land zu ziehen. Vielleicht scheuchte sie damit ein paar Informanten auf. Dass sich die Madonnen ihr offenbaren würden, glaubte sie weniger. Das hatte Vialli in einem kurzen Telefonat bestätigt.

»Ambra, was soll der Mist?«

»Es sind Fakten. Nichts daran ist gelogen. Görlitz hat sich mit vier Frauen umgeben, von denen man nur zwei in der Öffentlichkeit kannte. Eine wurde mitsamt gemeinsamen Kindern versteckt und die andere hat sich unauffällig in seinem Schatten bewegt. Angesichts ihrer

Attraktivität war es eine ziemliche Leistung, nicht aufzufallen.«

»Das biegst du dir ganz schön zurecht. Fakt ist vielmehr, dass keine der Damen künftig mit dir sprechen oder auch nur mit dir in Verbindung gebracht werden möchte. Du kannst dich bestimmt auf einige Anwaltsschreiben freuen.«

Ambra schluckte. »Warum sagst du das?«

»Ich habe so meine Informationen, aber ich werde dir bis auf Weiteres nichts mehr verraten. Nur ein kleiner Hinweis: Wahrscheinlich kennt halb München und Mailand die ominöse Dame, die ganz offiziell beim Atelier Görlitz als Assistentin der Geschäftsführung angestellt ist.«

Das war peinlich. Der Anruf ihrer Großmutter, der sich kurz darauf mit der Melodie von »Azzurro« anmeldete, machte Ambra noch nachdenklicher.

»Mein Schatz, ich habe gesehen, dass eine große Geschichte von dir veröffentlicht wurde. Ein bisschen beunruhigt mich das. Mord und Skandale, ist das wirklich deine Welt?«

»Nonna, nein, aber wenn ich größere Geschichten schreiben und nicht nur von Strandpartys und Misswahlen berichten will, bleiben diese Themen nicht aus.«

»Verlier dich dabei nicht. Du hast so viel Talent. Lass dir nicht einreden, dass du es weniger als andere verdienst, einen guten Job zu bekommen.«

Beide schwiegen. Dann fasste sich Ambra ein Herz.

»Mach dir bitte keine Sorgen. Da muss ich jetzt einfach durch, und irgendwann mache ich nur noch schöne große Interviews, vielleicht sogar mit Papst Franziskus im Vatikan!«

Ich möchte dich doch so gerne stolz machen, Nonna, dachte Ambra. Auch wenn ich weiß, dass du es ohnehin immer bist.

»Für mich genügt es, wenn du glücklich bist, meine Kleine.«

Es war an der Zeit, die nächsten Schritte durchzugehen. Heute Abend stieg die Party im Palazzo Volpi in Venedig. Ambra musste Jesolo um 17 Uhr verlassen, um pünktlich oder noch besser vor allen anderen vor Ort zu sein. Dann konnte sie nach den üblichen Quellen Ausschau halten, den Anlaufstellen für alle Gerüchte, die aus der Lagune in die Klatschspalten schwappten. Mit etwas Glück fand sie Hinweise, um die reißerische, aber nicht sehr inhaltsvolle Geschichte von heute zu übertreffen.

Zunächst musste sie jedoch herausfinden, wer die dritte Madonna war. Laut Vialli arbeitete sie als Assistentin für Görlitz. Warum hatte er sie dann nicht als solche bei ihrem Termin vorgestellt? Eine persönliche Assistentin war doch in seinen Kreisen ein Statussymbol, um die immanente Wichtigkeit zu unterstreichen. Häufig wurde die Stelle schlecht bis gar nicht bezahlt und es gab nur deshalb immer wieder Willige, die sich ausbeuten ließen, weil man ihnen die Gratisarbeit als einmaliges Sprungbrett in die Sphäre des internationalen Art-Business verkaufen konnte. Üblicherweise kam die Generation Praktika aus Familien, die sie in diesen unbezahlten Lernjahren subventionierten und mitunter vage Hoffnungen darauf setzten, dass sich der Kunstmarkt mit seiner wohlhabenden Klientel als passender Heiratsmarkt herausstellen könnte.

Von Vialli würde bis auf Weiteres – das hieß, innerhalb der nächsten von Mangianino gestellten Deadline – keine große Hilfe zu erwarten sein. Der Zeiger von Ambras Uhr zeigte auf die 12. Sie hatte also 21 Stunden Zeit, um die Fortsetzung der Görlitz-Story für die nächste Morgenkonferenz vorzubereiten. Fünf Stunden blieben ihr bis zur Abfahrt nach Venedig. Warum sich nicht einfach eine Weile in die Sonne legen? Am besten am Strand des Bellavista.

Ambra stürzte den Inhalt der kleinen Tasse in einem Zug hinunter. Gerne hätte sie zum exzellenten Espresso eine Kugel Vanilleeis bestellt. Doch der »Affogato«, also der Ertrunkene, wie das einfache Dessert genannt wurde, war auf der Karte der Pool-Bar mit einem Preis gelistet, für den sie in der Strandbar wenige Meter weiter eine Pizza Margherita bestellen könnte. Zumindest war es bis vor Kurzem so gewesen. Die Inflation fraß sich durch die Geldbeutel und ließ die Menschen hungrig zurück. Der »Corriere della Sera« brachte täglich Berichte darüber, in welchem Ausmaß die Preise in den beliebten Ferienorten gestiegen waren. Restaurantbesuche, Liegestühle und Hotels waren deutlich teurer geworden, doch es gab offensichtlich genügend Gäste, die bereit waren, die Aufschläge zu bezahlen.

Etwas weniger Eis und Süßes würde mir ohnehin nicht schaden, dachte Ambra. Sie hatte ihre Badezimmerwaage in Mailand gelassen und sich geschworen, endgültig mit der täglichen Fixierung auf Kilo- und Grammstand ihres Körpers abzuschließen. Aber das war nicht so leicht. Wenn man jahrelang bei Castings begutachtet wurde und jeder Zentimeter zu viel an Oberschenkeln oder Taille eine Katastrophe darstellte, war es schwierig, ein gesundes Verhältnis zu seinem Körper aufzubauen. Auch Künstler waren ständig mit dem Blick von außen auf ihre Werke, die doch ihr Innerstes zeigten, konfrontiert. Dazu musste das Image stimmen und die Geschichte hinter dem Werk einen gewissen Reiz bieten. Gustav Görlitz hatte die Normalität eines Familienlebens als Ausgleich gebraucht. In dieses Nest konnte er sich zurückziehen. Wie jeder Künstler hatte er mit Sicherheit auch seine Selbstzweifel gehabt. Die Krisen, in denen man nicht wusste, wie man weitermachen sollte. Angst hatte, sein Publikum zu verlieren. Denn wer will nicht begehrt werden? Gustav Görlitz wollte es bestimmt. Irgendwo in diesem Zwiespalt zwischen der Suche nach dem Scheinwerferlicht und dem Rückzug ins Private lag wahrscheinlich das Motiv für seinen brutalen Tod. Wurde er erpresst? Gab es heimliche Affären? Welche Rolle spielte die dritte Frau, die offensichtlich Görlitz' diskrete Assistentin war, im Machtspiel der Madonnen? In welcher Verbindung standen diese zu Anna Theissen?

Fragen über Fragen, mit denen Ambra vielleicht auch nur übertünchen wollte, dass sie an Tag zwei nach dem Mord am helllichten Nachmittag ohne richtigen Plan, aber mit einer ersten, nicht wirklich gelungenen Geschichte an einem Pool in der Sonne saß und auf eine Eingebung wartete.

Da tauchte die dritte Madonna auf und setzte sich zu ihr.

»Ich hätte nicht gedacht, dass Sie so schnell ins Bellavista zurückkehren«, sagte die zarte Brünette mit einem kaum vernehmbaren osteuropäischen Akzent. »Sie haben mich gestern nicht bemerkt, als Sie mit Frau Görlitz gesprochen haben. Genauso wenig im Excelsior beim Interview mit Gustav. Erst im Nachhinein haben Sie mich entdeckt. Ich wusste hingegen sofort, dass wir uns wiedersehen würden.« Ein entwaffnendes Lächeln zeigte eine strahlend weiße Reihe perfekter Zähne. »Mein Name ist Ivana. Ich komme aus Serbien. Seit drei Jahren begleite ich das Unternehmen Görlitz.«

Ambra fühlte sich unbehaglich. Der Perspektivwechsel von der Beobachterin zur Beobachteten gefiel ihr nicht. Dennoch war Ivana ein Geschenk des Himmels. Immerhin war sie die einzige Frau im Kreis um Görlitz, die mit ihr sprechen wollte.

»Ich bin Ambra, das wissen Sie bereits. In der Tat habe ich nicht damit gerechnet, Sie hier wiederzutreffen. Sie sind für mich die geheimnisvollste Figur in diesem an geheimnisvollen Personen reichen Stück.«

Ivana lachte laut auf. »Sie haben ja regelrecht poetische Anwandlungen! Vielleicht sollten Sie lieber reine Fiktion verkaufen statt Halbwahrheiten. Mit Krimis und

Liebesromanen soll man noch immer ein gutes Geschäft machen.« Die Worte klangen verletzend, aber der heitere Tonfall Ivanas nahm der Situation die Schärfe. Sie wirkte wie jemand, der nicht urteilte, sondern Informationen sammelte und sich eine eigene Meinung bildete.

»Schon klar, ich habe nicht gerade den seriösesten Eindruck hinterlassen. Die Geschichte war hinausgeschossen, weil ich etwas in der Redaktion abliefern musste und irgendwie Bewegung in die ganze Sache bringen wollte. Wie wäre es mit einem Prosecco?«

Ein junger Herr in makellos weißer Hose und weißem Hemd hatte sich dem Tisch genähert. Ambra überschlug in ihrem Kopf, dass mit dieser Bestellung ihr Budget für Sonderwünsche aufgebraucht war, zumindest für heute.

»Gerne«, sagte Ivana. »Mach dir wegen der Rechnung keine Sorgen, ich kann sie auf mein Zimmer schreiben lassen. Wir können doch per Du sein?«

Ambra akzeptierte bereitwillig beide Angebote. Sie fragte sich jedoch, woran Ivana erkannt hatte, dass sie knapp bei Kasse war. »Ich hatte gehofft, wir würden uns heute Abend bei der Eröffnung von Gustavs Ausstellung im Palazzo Volpi treffen. Warum wohnst du hier bei Monika Görlitz und nicht in Venedig, wo sich die ganze Kunstschickeria trifft?«

»Glaube mir, ein wenig Abstand ist manchmal nicht schlecht. Das ist das Geheimnis der meisten funktionierenden Beziehungen. Aber im Ernst. Ich halte die ganze verlogene Szene nicht rund um die Uhr aus. Mir graut vor heute Abend, wenn sie sich alle mit ihren falschen Trauerbekundungen wichtigmachen werden.« Ivana senkte den Blick. Ambra war sich nicht sicher, ob sie eine kleine Träne glitzern sah. Doch gleich darauf hatte sich Ivana wieder gefasst.

»Zu dem System Görlitz gehören die beiden Ehefrauen und auch ich spiele meine Rolle. Ich bin bei allen Terminen dabei und vermittle zwischen den Parteien, wenn sich Unstimmigkeiten anbahnen. Vor allem aber bin ich die künstlerische Assistentin von Gustav Görlitz. Ich habe in meiner Heimat Malerei studiert. Nach dem Abschluss bin ich nach Wien gezogen, weil es damals viele Galerien gab, die sich um Künstler aus Osteuropa bemühten. Ich hatte auch erste Ausstellungen. Doch es reichte nicht, um davon leben zu können. Da begegnete mir Görlitz und wir schlossen einen Pakt.«

Mittlerweile hatte der Kellner zwei Gläser mit prickelndem Inhalt und einige Schalen mit Knabbereien auf den Tisch gestellt. Ivana nahm ein Glas und prostete Ambra zu: »So steh ich hier, ich armer Tor, und bin so klug als wie zuvor! Aber wenn ihr es nicht fühlt, werdet ihr es nicht erjagen.« Nach einer dramatischen Pause fuhr sie fort. »Wie Goethes Faust habe ich meine Seele verkauft. Die Kunst von Görlitz ist nämlich seit Jahren nichts anderes als eine endlose Wiederholung in immer kitschigeren Varianten. Um sie zu vermarkten, mussten ständig neue Geschichten erfunden werden. Görlitz, der einsame Wolf. Görlitz, der Getriebene. Görlitz, der Umschwärmte. Görlitz zwischen Ehefrau Johanna und der schönen reichen Anna Theissen. Doch auch das reichte irgendwann nicht mehr. Sie brauchten frischen Wind. Dafür haben sie mich eingestellt. Ich habe seine Kunst neu belebt. Nicht als Muse, sondern als Schöpferin.«

Ivana wartete auf eine Reaktion. Ambra tat ihr den Gefallen.

»Du hast die Bilder für ihn gemalt?« Das überraschte Ambra nicht. Zu oft hatte sie gesehen, dass sich etablierte Künstler mit den Arbeiten ihres Umfeldes schmückten. Dagegen anzugehen, war so gut wie unmöglich. Denn wie sollte man beweisen, dass man nicht nur einzelne Anweisungen ausgeführt, sondern selbst das Werk in seinen Wesenszügen geschaffen hatte?

»Nahezu alles, was in den vergangenen drei Jahren unter dem Namen Gustav Görlitz gehandelt wurde, stammt in Wahrheit von mir. Ich habe dafür zehn Prozent des Verkaufspreises erhalten. Das ist immer noch ein Vielfaches von dem, was ich unter meinem Namen verdient hätte. Aber jetzt ist meine Zeit gekommen. Wenn du magst, kannst du diese Story exklusiv haben.«

Daher wehte also der Wind. Ivana hatte sich gedacht, dass Ambra unseriös genug wäre, um jede Geschichte dankbar aufzuschnappen, die man ihr wie ein Stöckchen entgegenwarf. Doch sie biss nicht an. Sondern biss zurück.

»Deshalb hast du dich wie seine Ehefrauen mit einer Madonna um den Hals an die Kette legen lassen. Die Gretchenfrage ist doch: Wer von euch hatte davon so die Nase voll, dass sie den großen Meister beseitigt hat?« Ambra blickte Ivana triumphierend an.

Ihr Gegenüber zeigte keinerlei Reaktion. Stattdessen leerte Ivana ihr Glas, schaute kurz auf ihr Handy-Display und meinte lakonisch: »Na gut, das war ja nur so eine Idee.«

Natürlich wäre die Geschichte gut, dachte Ambra, immer Mangianinos Morgenappell im Hinterkopf. Sie durfte sie jetzt nicht vom Haken lassen.

»Zeig mir doch ein paar von deinen Bildern. Ich veröffentliche sie zusammen mit einem Exklusiv-Interview und alle werden sehen, was du kannst«, bot sie schnell an.

Ivana wirkte versöhnt. »Ich muss mich jetzt für die Party fertig machen. Es sind ja schließlich meine Arbeiten, die dort gezeigt werden.«

Sollte stimmen, was die Assistentin sagte, wäre dies ein herber Schlag für Monika Görlitz. Ihr Ehemann und der Vater der gemeinsamen Kinder war verstorben und seine engste Mitarbeiterin wollte offensichtlich keine Zeit verlieren, aus den neuen Verhältnissen Profit zu schlagen. War sie deshalb verdächtiger geworden? Sie hätte auch ohne einen Mord aus ihrer Schattenexistenz heraustreten können. Für die Presse wäre der Skandal um Görlitz als betrogener Betrüger ein Leckerbissen und der hübschen jungen Künstlerin reichlich Platz in der Berichterstattung sicher gewesen. Aber dennoch: Allein der Tatort im »Gommissima« ließ auf einen Täter oder eine Täterin schließen, die Görlitz im Geheimen treffen wollte und die er nicht ohnehin täglich beinahe rund um die Uhr um sich hatte. Außer sie hatte ihn unter einem Vorwand dorthin gelockt, um ihr gemeinsames Werk mit einem Knall zu beenden.

»Was wollte Gustav Görlitz eigentlich bei seiner Rede als Überraschung bekannt geben?«

Ivana war aufgestanden und drehte sich noch einmal um. »Keine Ahnung. Das war doch seine übliche Masche. Jede Menge Ankündigungen und immer ein bisschen für Wirbel sorgen.«

Das war ihm zweifellos gelungen.

Ambra schlenderte auf dem Viale Oriente, der hinter den Strandhotels bis ins Zentrum führte, zu ihrem Bungalow zurück. Es war heiß und sie bereute, nicht noch einmal im Meer abgetaucht zu sein. Um sich etwas abzukühlen, besorgte sie an einem Kiosk ein Wassereis. Zwischen Gummitieren, Sandspielzeug und Sonnencreme entdeckte sie ein deutsches Klatschmagazin. »Anna Theissen zeigt ihr neues glamouröses Domizil in München«, lautete der Aufmacher auf der Titelseite. Den Artikel würde sie sich zu Hause in Ruhe anschauen. Daneben lagen die Tageszeitungen, die allesamt mit dem Mord an Görlitz titelten. Sie nahm sich von jeder ein Exemplar und packte noch das teure deutsche Magazin obendrauf. Zum Glück wurden Kreditkarten akzeptiert, so viel Bargeld hatte sie nicht mehr dabei, und sie war sich auch nicht sicher, ob der Bankomat heute noch etwas ausspucken würde.

Im Bungalow atmete sie durch. Was will ich eigentlich mehr, dachte Ambra. Ein Haus am Meer, ein Job, der mir Spaß macht, und ein hübscher Kommissar, mit dem ich gerne meine Zeit verbringe. Richtig: Nichts davon gehört wirklich mir. Ganz anders Anna Theissen: Die Bildstrecke, die sie in ihrem »neuen Domizil« zeigte, war ein durchgehender Beleg für ihr beneidenswertes Dasein. Zu diesem Zwecke war sie auf jedem einzelnen Foto der insgesamt acht Seiten in einem anderen Outfit vor einem Highlight der Immobilie abgebildet. Sie rekelte sich am Pool, an dem sie jeden Morgen und Abend ihre Bahnen zog. Im Fitness-Raum, der sich neben dem Spa mit Sauna und Dampfbad befand, stand sie in engen Leggings und mit beeindruckenden Bauchmuskeln neben dem Crosstrainer. Vor den Schaufensterpuppen in ihrem Ankleidezimmer schickte sie Kusshändchen an ihre Fans. Das Zimmer war so groß wie Ambras Bungalow und erinnerte an eine Nobelboutique. Anna Theissen machte aber auch in der riesigen offenen Küche eine gute Figur, in der sie angeblich ihre berühmten Penne all'arrabbiata für ihre Gäste zubereitete. Das Rezept habe sie in einem Lokal am Campo de' Fiori in Rom erhalten. Als Dessert zauberte sie für besonders liebe Menschen eine Pavlova mit frischen Früchten der Saison. Dazu prostete die Hausherrin mit einem Glas Champagner in die Kamera. In der Trophäenschau durfte die Bildergalerie natürlich nicht fehlen, deren weitläufige Räumlichkeiten eigens für die Kunstsammlung entworfen wurden. »Wir haben das Haus rund um unsere Kunst gebaut«, konnte man lesen. Ob sie wohl wusste, dass ein nicht unwesentlicher Teil davon, nämlich die hochpreisigeren Werke aus der Werkstatt Görlitz, nicht von ihm, sondern von Ivana stammten? Als seine Mäzenin müsste dieser Schwindel für sie einem Verrat gleichgekommen sein, falls sie nicht in die Machenschaften eingeweiht war. »Gustav Görlitz und ich sind Seelenverwandte«, ließ sie berichten. Eigentlich habe sie auch Malerin werden wollen, aber das Leben an der Seite ihres Mannes mit den vielen Verpflichtungen und Reisen lasse dafür wenig Raum. Ambra suchte nach einem Foto von Herrn Theissen. Ganz am Ende des Bildberichts fand sie ein seitlich aufgenommenes Porträt, das offensichtlich bei einer Veranstaltung ohne Wissen des Abgebildeten entstanden war. Soweit Ambra erkennen konnte, handelte es sich um einen Herrn in den 70ern, der zumindest äußerlich einen konservativen Eindruck machte. »Hartwig Theissen steht nicht gerne im Licht der Öffentlichkeit. Der Industrielle führt das Familienimperium in dritter Generation und meidet gesellschaftliche Anlässe.« Gegensätze ziehen sich also an, dachte Ambra. Aber wer weiß, ob ihn die Umtriebe seiner Frau mit dem wesentlich extrovertierteren Künstler nicht gestört hatten? Laut den Berichten der deutschen Tageszeitungen war er derzeit auf einer Geschäftsreise in Dubai, die er nun abgebrochen hatte, um seine Frau aus Venedig abzuholen. Wer über genügend Mittel verfügt, würde mit Sicherheit Wege finden, seinen Widersacher mit fremder Hilfe aus sicherer Distanz zu beseitigen, um dann als Weißer Ritter auf der Bildfläche zu erscheinen.

Das alles reichte nicht für einen nächsten Artikel mit großen Schlagzeilen. Bei Theissen musste sie doppelt und dreifach vorsichtig sein. Mit Sicherheit beschäftigte er ein Dutzend Staranwälte und PR-Profis, die jedes veröffentlichte Wort oder Bild über ihn registrierten und gegebenenfalls rechtlich prüften. Sie benötigte etwas Handfestes. Vielleicht konnte Vialli ihr doch mit ein paar kleinen Informationsbröseln Vorsprung verschaffen. Später würde sie ihn anrufen. Doch vorher wollte sie sich auf der Party umhören.

Mr. Borsalino hatte sich direkt neben dem Eingang in der Halle des Palazzo positioniert. Von hier aus konnte man sowohl die kleine seitliche Eingangstür als auch den Bootssteg überblicken, der zum eigentlichen Haupteingang führte. Die eleganten Gäste wurden zum Teil mit Motorbooten vom Cipriani oder den anderen Luxushotels der Lagune zur Party gebracht. Ein bekannter Schauspieler hatte sich mit der Gondel des Conte von der seit Hemingway weltberühmten Harrys Bar am Markusplatz abholen lassen. Er wollte wohl auf keinen Fall ohne Blitzlichtgewitter erscheinen.

»Wie schön, dass du es geschafft hast. Die Security spielt sich heute mit der Gästeliste besonders auf. Vielleicht suchen sie den Mörder? Aber egal, wir sind hier und wir werden den Abend genießen!« Während Mr. Borsalino Ambra drei Küsschen an der Wange vorbeihauchte, beobachtete er mit Argusaugen das Geschehen im Raum. Nun hatte er offensichtlich eine wichtigere Person entdeckt und wieselte rasch in ihre Richtung.

Ambra blickte sich um. Die feine Gesellschaft Venedigs und die It-People der Biennale vermischten sich zu einer Inszenierung des guten Geschmacks, der durch unausgesprochene Codes bestimmt wurde. Diese beeinflussten den Kleidungsstil, die Auswahl der Gesprächsthemen und natürlich den Grad der Begeisterung, den man, und das war entscheidend, zum richtigen Zeitpunkt zeigen musste.

Zwischen den vielen teuren Handtaschen, gestrafften Gesichtern und auffälligen Schmuckstücken stach eine hochgewachsene, natürlich wirkende Frau heraus. Sie bewegte sich mit weit geöffneten Armen auf Ambra zu. »Was für eine Freude, meine Schöne, dich hier zu sehen! Wo versteckst du dich die ganze Zeit? Jemand hat mir geflüstert, dass du nach Jesolo zurückgekehrt bist. Du hast ja so recht, die Luft und die Sonne und das Meer sind das Beste, was man sich selbst schenken kann. Das ist wahrer Luxus, und nicht die ganzen Schnörkeleien, mit denen wir uns in Mailand vergiften.« Caterina Tommasi gehörte einer der angesehensten Dynastien des Landes an. Ihr Stammbaum reichte wahrscheinlich bis zu Romulus und Remus zurück und konnte bedeutende Renaissance-Fürsten, Päpste und Diplomaten vorweisen. Im Gegensatz zu vielen ihrer Verwandten oder Mitgliedern der reichen Industrie-Elite des Landes schottete sie sich nicht vom weniger privilegierten Teil der Gesellschaft ab. Zu den Partys, die sie hin und wieder gab und die immer besonders unterhaltsam, aber niemals protzig waren, lud sie eine bunte Mischung an neuem, altem und keinem Geld ein. Sie fanden wahlweise in ihrer Mailänder Dachwohnung oder in einem der zahlreichen Palazzi ihrer Eltern in der Toskana statt. Ambra hatte bereits einige Male dabei sein dürfen. Sie erinnerte sich gut daran, wie aufgeregt sie bei ihrer ersten Einladung gewesen war und wie lange sie über das passende Outfit nachgedacht hatte. Sie war damals ein mittelmäßig erfolgreiches Model, das immerhin für eine Kaffeekapsel-Werbung mit einem Superstar gebucht worden war. Exakt zwei Sekunden konnte man im Spot ihr Gesicht im Profil und dann einen schwungvollen Abgang sehen. Caterina, die eine kleine Kunstgalerie in der Innenstadt leitete, hatte sie bei der Präsentation der Kampagne kennengelernt. Kurz darauf war eine Einladung zu einer Vernissage in ihr Postfach geflattert. Ambra kam, und das war der Beginn einer legeren, aber echten Freundschaft zwischen ihr und Caterina gewesen.

»Zwei Gin Tonics, bitte.« Caterina lächelte und bediente sich am Tablett eines vorbeihuschenden Kellners in Livree. »Lass uns schnell verschwinden, der schreckliche Anwalt kommt gerade auf mich zu!« Sie deutete auf einen Typen, der Ambra bereits aufgefallen war, als er sich von seiner Begleiterin mit einer aufgerichteten Karotte zwischen den Beinen fotografieren ließ. Geschickt wichen sie ihm aus und suchten sich einen etwas ruhigeren Stehplatz abseits des Wirbels am Eingang. Außer Hörweite der Partypeople konnte Ambra direkter werden. Caterina war nämlich jene Person, die mit Sicherheit jedes Gerücht über Görlitz in der Branche kannte. »Weißt du, ich arbeite jetzt als Journalistin und beschäftige mich gerade sehr mit dem Fall Gustav Görlitz. Kanntest du ihn eigentlich näher oder hast du in der Szene etwas über die Umstände seines Todes gehört?«, begann sie ohne große Umschweife.

»Du möchtest von mir wissen, was die Tauben von den Dächern zwitschern?« Caterina lächelte erneut. »Natürlich wird viel erzählt. Görlitz ist nicht unumstritten. Seine besten Jahre hatte er in den 1990ern. Danach hat er sich ständig wiederholt und er bekam Probleme mit seinem Galeristen. Nicht seine Schuld, wenn du mich fragst, aber der Markt ist gnadenlos. Nun gut, du kennst das Spiel. Solange das Geschäft läuft, werden die Künstler bei Laune gehalten, aber wehe, wenn nicht, dann weht plötzlich ein anderer Wind. Bei den wichtigen Kunstmessen ist man nicht mehr im Programm und die Termine mit Sammlern und Kuratoren werden weniger. Aber dann, vor zwei, drei Jahren, tauchte er wie Phönix aus der Asche auf.«

Caterina blickte sich um. Sie wollte sichergehen, dass niemand das Gespräch belauschte. »Seine Arbeiten hatten plötzlich wieder Kraft. Sie waren ganz anders als früher und doch sehr Görlitz. Ich kann das schwer erklären. Es war, als hätte er sich selbst geremixed, auf eine geniale, überraschende Weise. Das betraf nicht nur seine Kunst, sondern auch seine Persönlichkeit, sein Image und seine Verkaufsstrategie. Aus dem kompromisslosen Rebellen war ein einsamer, aber geschmeidiger Wolf geworden, der sich gemeinsam mit seiner schönen Frau Johanna der Gesellschaft annäherte. Er ließ sich bei allen wichtigen Events blicken. Sein Freundeskreis veränderte sich. Anna Theissen zum Beispiel, mit ihr hätte er sich früher niemals abgegeben. Aber seit dieser wundersamen Wandlung waren sie regelrecht unzertrennbar.« Der Ton, in dem Caterina die Worte »Anna Theissen« aussprach, benötigte keine weitere Erklärung ihrer geringen Wertschätzung dieser Person. »Natürlich brauchte er sie. Sie war eine der Ersten, die seine Bilder, aus meiner Sicht völlig überteuert, kaufte. Man sagt, er war damals so gut wie pleite. Sie hingegen macht alles, um von den ihrer Meinung nach richtigen Menschen bemerkt zu werden und ihren Auftritt in den Medien zu bekommen. Schau nur, hier erscheint sie auch schon vor unseren Augen, perfekt inszeniert als leidende Kunstwitwe in einem Ensemble von Valentino. Wie immer etwas zu durchkomponiert.«

Tatsächlich war Anna Theissen am anderen Ende der riesigen Halle zu erkennen. Ihre platinblonden Haare hatte sie zu einem strengen Zopf frisiert, die Augen waren hinter einer tiefschwarzen Sonnenbrille versteckt und der Mund als Kontrast zum Porzellanteint leuchtend rot geschminkt. Der Kirschton wiederholte sich in der hauchzarten langen Seidenrobe, die entfernt an eine römische Priesterin erinnerte. Mit einem Glas Champagner in der Hand schien sie den Raum abzusuchen. »Bitte nicht hinsehen, sonst ist sie sofort da. Vor einer Woche bei einem Cocktail in der Casa Cipriani hat sie mich und Teresa eine Stunde lang belagert und tatsächlich gefragt, ob sie zwei Tickets für meine nächste Party kaufen könne«, fügte Caterina mit einem leicht irritierten Unterton hinzu.

»Keine Sorge, solange ich in deiner Nähe bin, wird sie einen gewissen Sicherheitsabstand einhalten«, erwiderte Ambra. »Dabei hätte ich liebend gerne mit ihr gesprochen, um mehr über Gustav Görlitz zu erfahren.

Unter anderem, weil ich meinem Chefredakteur wirklich dringend eine Geschichte liefern muss.«

Caterina schien nachzudenken. Wahrscheinlich hätte sie in ihrem Freundeskreis mit ein paar Anrufen eine für Mangianino mehr als ausreichende Story über Görlitz herausgefunden. Es war aber völlig klar, dass sie diese Karte niemals ausspielen würde. Außer es ginge um höhere Interessen, wie zum Beispiel darum, die blasierte Pseudo-Kunst-Schickimicki-Szene mit feiner Klinge zu demaskieren. »Du könntest einmal nachforschen, warum Görlitz keine Menschenseele in sein Atelier gelassen hat. Das ist doch normalerweise das Highlight für die Industriellen-Gattinnen und die ganze Kunst-Blase. Alle wollen hautnah an der Produktionsstätte dabei sein und dem Maler sozusagen über den Pinsel blicken. In den sozialen Medien sammelt man mit solchen Fotos ziemlich viele Likes. Aber nein, nicht einmal Anna Theissen hatte Zugang, wie man hört. Vielleicht hat er einfach einen Ort gebraucht, der ganz ihm gehörte. Seltsam ist es trotzdem. Er soll sogar eine Anfrage für eine Kino-Doku abgelehnt haben.«

»Es kann sein, dass große Teile seiner Kunst nicht von ihm, sondern von seiner Assistentin stammen«, gab nun Ambra ihrerseits Indiskretes preis. Informationsaustausch funktionierte nur, wenn beide Parteien bereit waren zu geben.

»Du meinst die dritte Madonna?« Caterina las also doch Klatschmedien wie Jesolo24. »Das halte ich für gut möglich. Wäre bei Weitem nicht der erste Fall in der Kunstgeschichte. Der Meister hat die Macht und sein

Gefolge wird wie in einem sektenähnlichen Gebilde zu Gehorsam erzogen.«

»Wusstest du von seinem Doppelleben als braver Familienvater?«

»Nein, aber auch das erstaunt mich nicht weiter. Es gibt keine verlogenere Szene als den Kunstmarkt, wo das richtige Image alles ist, was zählt. Müll kann plötzlich Millionen Wert sein, wenn es die richtigen Menschen beschließen. Genauso schnell können sie den Daumen nach unten senken und Karrieren vernichten. Früher förderten Fürsten große Meister wie Michelangelo oder Leonardo da Vinci, um sich durch deren Werke zu verewigen. Heute zählen nur der Moment und das Timing. Am richtigen Ort zur richtigen Zeit werden die großen Deals geschlossen. Nirgends sonst lässt sich so elegant verschleiern, woher das Geld kommt.«

Sie waren im Innenhof des Palazzo angekommen. Wie viele dieser kleinen versteckten Oasen Venedigs war er im Stile eines maurischen Gartens angelegt. Rosen blühten, in einem Bassin schwammen Seerosen und kleine Teelichter verbreiteten ein zartes Licht im Sonnenuntergang. Wie schön musste es sein, hier am Abend ein Glas Wein zu trinken und darüber nachzudenken, ob man am nächsten Tag mit dem Boot zum Baden auf eine der Inseln in der Lagune übersetzte oder lieber ein bisschen durch die Gassen der Stadt schlenderte. Sich keine Gedanken über die Stromrechnung machen zu müssen. Einfach wegfliegen zu können, wenn das Wetter nicht passte.

»Hast du dir die Ausstellung mit den Bildern von Görlitz angeschaut?«, fragte Ambra.

»Der Conte hat mich bereits gestern Nachmittag nach dem Lunch mit einer kleinen Freundesgruppe hindurchgeführt. Die Arbeiten sind gut. Zu gut für jemanden wie Görlitz. Jetzt weiß ich, warum«, sagte Caterina mit einer nach oben gezogenen Augenbraue.

Karl Lagerfeld hatte einmal gesagt, man müsse Stil haben, um ihn sich kaufen zu können. Caterina war mit einem Rubens an der Wand, edler Chinoiserie und feinem Porzellan aufgewachsen und ihre selbstverständliche Geschmackssicherheit war kaum zu kopieren. Menschen wie Anna Theissen mühten sich ständig ab, einer gewissen Ästhetik zu entsprechen, doch genau dieser Eindruck der Anstrengung zerstörte unweigerlich die angestrebte Wirkung. Gustav Görlitz war ein Mann mittleren Alters gewesen und hatte doch den Animateur für seine ambitionierten Kundinnen geben müssen. Seine Frau hatte dies gefördert, ihm mit Johanna sogar eine perfekte Fassade konstruiert und mithilfe von Ivana den Betrieb koordiniert. Doch irgendeinen blinden Fleck musste es dabei geben. Sah man von dem Aspekt der Leidenschaft und der Eifersucht ab, und mittlerweile war Ambra geneigt, die ungewöhnliche Beziehungskonstellation tatsächlich als funktionierendes Arrangement zu sehen, dann hatten alle vier Damen keinen erkennbaren Vorteil vom Tod ihres Stars. Selbst wenn er die Show sattgehabt hätte, wäre es wohl vorteilhafter gewesen, eine neue Story für die Medien zu erfinden, als Görlitz und damit das ganze Geschäft rund um ihn zu beseitigen. Natürlich würden die Preise für seine Bilder nach seinem spektakulären Abgang kurzfristig in die Höhe schießen. Dies stand jedoch in keiner Relation dazu, was er bei guter Pflege des Marktes und gezieltem Output in den nächsten zwei, drei Jahrzehnten noch hätte einbringen können.

Das Motiv für seine letzte fatale Begegnung war noch völlig offen. Höchstwahrscheinlich gab es eine Schachfigur, die sich bisher auf dem Feld gut gedeckt hatte. Ambra musste einen Weg finden, diese Figur aus der Reserve zu locken. Die Uhr zeigte 21 Uhr, und sie hatte noch exakt 12 Stunden Zeit, um Mangianino einen Artikel vorzulegen.

Da Caterina mittlerweile zu einer österreichischen Künstlergruppe weitergezogen war, die in den oberen Räumen des Palazzo vergoldete Wurstsemmeln ausstellte, schob sich Ambra an weiteren Handtaschen im Wert eines Kleinwagens vorbei, um über einen Nebeneingang auf die kleine Calle, die sich durch das Viertel bis zur Piazza San Marco schlängelte, zu treten. Von hier gelangte man auf einen kleinen Bootssteg, der sich etwas abseits vom offiziellen Anlegeplatz befand und durch einige Jasmin-Sträucher am Rande eine kleine uneinsichtige Insel mit Blick auf den Canal Grande bildete. Sie hatte den Platz bereits als Schülerin entdeckt, wenn sie, statt in die Schule zu gehen, mit dem Bus zum Piazzale Roma fuhr und stundenlang durch die Gassen Venedigs streifte. Hier würde sie ihre Gedanken sortieren, und ein bisschen bereute sie, mit dem Rauchen aufgehört zu haben. Das hätte sie vielleicht ein wenig beruhigt, bevor sie am Handy die Nummer von Vialli wählte, um ihn um ein paar brauchbare Informationen zum Fall Görlitz anzubetteln. Nicht, dass sie zuversichtlich war. Vielleicht wollte sie nur seine Stimme hören. Sie wusste genau, dass sie wieder anfing, jene Fehler zu begehen, die mit ein Grund gewesen waren, warum sie Mailand Hals über Kopf verlassen hatte. Dennoch scrollte sie durch ihr Adressbuch und tippte auf »Il Commissario«. Es klingelte drei Mal, vier Mal. Endlich hob Vialli ab. Ausgerechnet in diesem Moment ließ Ambra das Gerät beinahe fallen. »Bitte komm sofort zu mir! Es gibt eine weitere Leiche!« Am Steg vor ihr trieb ein Mann mit dem Kopf unter Wasser. Sein Borsalino-Hut folgte einige Meter hinter ihm.

8.

Vialli drückte auf den roten Hörer auf dem Display und schüttelte den Kopf. Langsam musste er einsehen, dass ihn dieser Fall an seine Grenzen brachte. Ein toter Künstler, drei hinterbliebene Frauen, keine Spur und nun eine weitere Leiche. Dazu noch eine beunruhigend attraktive Journalistin, die immer wieder zum richtigen Zeitpunkt am falschen Ort war. Zumindest galt dies für seine Gefühlslage, die ihn zunehmend kontrollierte und nicht umgekehrt.

Zuvor hatte er das Material von Gaetanos Überwachungskameras durchgesehen. Sie waren auf den Eingang, das Kassenhäuschen und den Platz vor dem »Gommissima« gerichtet. Nach einigen Minuten stolperte Gustav Görlitz aus der entgegengesetzten Richtung ins Bild und brach schließlich dort zusammen, wo sie ihn später aufgefunden hatten. Wahrscheinlich war er durch die lose Stelle am Zaun hinter dem Getränkezelt hereingekommen. Hatte dort der Mord stattgefunden oder wollte sich der Künstler im »Gommissima« in Sicherheit bringen? Auf den Aufnahmen vom Eingang konnte Vialli weder bekannte Gesichter noch auffällige Passanten erkennen. Ein Zimmermädchen, der Trafikant von gegenüber, Familien, Kinder mit aufblasbaren

Gummitieren – alle auf den ersten Blick unverdächtig und im Touristengetümmel Jesolos kaum auszumachen. Möglicherweise würden sich nach Veröffentlichung des Videos Zeugen melden. Außerdem hatte ihm der Datenforensiker Görlitz' Handy und die Auswertung der darauf abgesicherten Nachrichten und Bilder übergeben. Neben zahlreichen Fotos seiner Kinder gab es erstaunlich wenig Inhalte über Kunst und nichts, was auf ein ausschweifendes Leben hindeutete oder einen Grund für sein brutales Ableben gegeben hätte. Lediglich eine Textnachricht gab ihm Hoffnung, bei den Ermittlungen voranzukommen. Sie wurde nur wenige Stunden vor dessen Tod von Gustav Görlitz selbst verfasst und lautete: »Wir sind fünf Gäste.« Als Antwort kam ein Emoji, das einen Daumen nach oben zeigte, und eines, das ein Zirkuszelt darstellte. Mit Letzterem war wohl die Hüpfburg gemeint. Die vorherige Nachricht war ein üblicher Code, um Drogen zu bestellen, in diesem Fall wahrscheinlich fünf Gramm Kokain. Dann schauen wir doch einmal, wie wir den Fisch zur Angel bringen können, dachte Vialli, während er sich zum dritten Mal in dieser Woche auf den Weg nach Venedig machte.

Beim Eintreffen des Commissarios war der Fundort bereits von den Polizeibeamten der Questura gesichert worden, und sein venezianischer Kollege Sciarpa dirigierte eine Gruppe Journalisten zu einem günstigen Platz am Canal Grande, um mit dem Palazzo im Hintergrund Interviews zu geben. Ambra war ihnen offensichtlich zuvorgekommen. Unterwegs hatte er auf der Website von Jesolo24 den sensationslüsternen Aufmacher gelesen. »Eine Leiche zum Aperitivo« war unverkennbar Mangianinos Stil. Dazu vermeldete er exklusiv das erste Foto vom Tatort. Immerhin war das Gesicht der im Wasser treibenden Leiche verpixelt worden.

Der Rummel um den Ort des Geschehens und die um jede Aufmerksamkeit buhlende Eitelkeit Sciarpas boten eine perfekte Gelegenheit, sich unauffällig umzusehen. Laut ersten Informationen waren keine eindeutigen Spuren für einen gewaltsamen Tod am Körper des Toten festgestellt worden. Die Identität wurde mithilfe eines in Plastik eingeschweißten Ausweises für einen Club rasch festgestellt. Es handelte sich bei der Leiche um Arturo Menzogna, einen in den 90er-Jahren in der Mailänder Techno-Szene bekannten DJ und Performance-Künstler, wie einige Umstehende bestätigten. Gut möglich, dass er nach ein paar Gläschen Champagner oder härteren Rauschmitteln das Gleichgewicht am Steg verloren hatte und ins Wasser gestürzt war. Seltsam war nur, dass niemand seine Hilferufe gehört hatte. Andererseits war bekannt, dass die meisten Gäste auf diesen Partys hauptsächlich mit sich selbst beschäftigt waren und sie nur durch höhere Gewalt von den Blitzlichtern der Fotografen entfernt werden konnten.

Am Rande der Absperrung erkannte er Dottore Mancuso, das venezianische Pendant zu Dottore Fingolo. Er hatte bereits seine Instrumententasche eingepackt und wollte den Schauplatz eilig verlassen.

»Einen Moment, Dottore, ich würde Sie gerne kurz sprechen«, hielt Vialli ihn auf. »Wir haben uns vor einigen Monaten beim Geburtstagsfest von Severino Fingolo kennengelernt. Ich ermittle im Mordfall Görlitz in Jesolo. Würden Sie mir bitte einige Details zum Tod von Herrn Borsalino geben? Es könnte durchaus sein, dass es Zusammenhänge gibt.«

»Signor Commissario, wie könnte ich unser nettes Gespräch über den Weinbau in der Emilia Romagna vergessen? Erst später habe ich erfahren, dass Sie familiär bedingt natürlich um einiges Fachwissen verfügen.« Mancuso blickte Vialli vielsagend an. Er hatte einen Punkt in der Biografie Viallis angesprochen, den der an seinem Dienstort streng unter Verschluss hielt.

»Ich sehe, Sie sind gut vernetzt. Wenn es Ihnen Vergnügen bereitet, führe ich Sie gerne einmal persönlich durch das Weingut meiner Eltern.« Dieser Satz kostete Vialli einiges an Überwindung. Bislang hatte er erfolgreich verhindert, dass ihn in Jesolo jemand mit seiner Familie, einer Industriellendynastie, die ihren Stammsitz in der Gegend um Turin hatte, in Verbindung brachte. »Dafür könnten Sie mir möglicherweise andeuten, ob es Auffälligkeiten bei dem plötzlichen Ableben von Signor Menzogna gibt. Immerhin ist Commissario Sciarpa unverzüglich außerhalb der Bürozeiten herbeigeeilt.«

»Nun gut. Sciarpas Anwesenheit führe ich doch auf die nicht unspektakuläre und öffentlichkeitswirksame Lage des Toten zurück.« Beide blickten auf die Szenerie am Rande des Palazzos. Mehrere Kamerateams positionierten sich um den venezianischen Commissario, der mit grimmigem Blick und ausgestreckter Hand auf den Fundort der Leiche im Wasser wies. Einige Fotografen riefen seinen Namen, ganz so, wie sie es von den Filmfestspielen am Lido gewohnt waren.

»Da Sie mich aber so nett fragen, werde ich mich bemühen, Ihnen behilflich zu sein. Es gibt in der Tat eine Sache, die mir bereits jetzt nach oberflächlicher Untersuchung aufgefallen ist. Die Zähne des Toten sind nicht im besten Zustand und die Nasenscheidewand wurde entweder durch den intensiven Gebrauch von Nasenspray oder anderen Substanzen arg ramponiert. Das alles sind Indizien für einen exzessiven Kokainkonsum. Nach der Auswertung des Blutbildes kann ich mehr sagen.«

Vialli sah ihn fragend an. »Sein Tod könnte also auch die Folge von Drogenmissbrauch sein, zum Beispiel einer Überdosis?«

Der Gerichtsmediziner wog den Kopf in kleinen Bewegungen hin und her. »Das wäre eine schlüssige Erklärung. Nur passen die kleinen Kratzer am Handgelenk nicht dazu. Die können natürlich von einer früheren Auseinandersetzung stammen. Ich muss den Leichnam in aller Ruhe obduzieren. Morgen Nachmittag weiß ich bestimmt mehr.«

»Dürfte ich mich dann bei Ihnen melden?«

Mancuso nickte. »Wir sollten unsere Handynummern austauschen, damit wir uns bezüglich der Weinverkostung absprechen können.«

Eine Hand wäscht die andere, dachte Vialli, aber wie sollte man sie auch sonst sauber bekommen? »Mani pulite«, eine der spektakulärsten Umwälzungen in der Geschichte der italienischen Republik, war vor 30 Jahren angetreten, um Italien von allen Verflechtungen der Korruption zu bereinigen. Das Land hatte sich strukturell reformiert, doch durch diesen neuen Rahmen sah das Bild zwar anders aus, war aber im Grunde gleich geblieben. Das Erstaunliche daran war, dass gerade deshalb das System immer irgendwie weiterkam. Sich zu arrangieren, war selbstverständlich und zeigte in Krisenzeiten die Resilienz der Gesellschaft. Wie gerecht es dabei zuging, stand auf einem anderen Blatt. Nach einigen Jahren im Dienste der Polizei hatte Vialli einen guten Einblick in die Realität vieler Menschen gewonnen, von deren täglichem Überlebenskampf er zuvor in seiner abgesicherten Wohlstandsblase keine Ahnung gehabt hatte. Seitdem war er etwas vorsichtiger geworden, über andere zu urteilen. Dies war Aufgabe der Gerichte, wobei auch dort diejenigen einen Vorteil hatten, die sich eine gute Verteidigung leisten konnten.

Mancuso, der gerade dabei war, den Fundort zu verlassen, drehte sich noch einmal um. »Erwähnen Sie unser Gespräch gegenüber Sciarpa bitte nicht. Soweit ich verstanden habe, möchte er den Fall möglichst schnell als Unfall zu den Akten legen. Sie wissen, Mord ist keine gute Werbung für den Tourismus, und Sciarpa versteht es, sich mit den Wichtigen in der Stadt gutzustellen.«

Als hätte er sie gehört, winkte der venezianische Commissario nun seinem Kollegen zu und bedeutete ihm mit einer ausholenden Geste, näher zu kommen. Die Presseleute waren weitergezogen und versuchten, einige der anwesenden prominenten Gäste zu interviewen. Vialli fragte sich, ob Ambra ebenfalls damit beschäftigt war, weitere Skandale für Mangianino aufzutreiben.

»Commissario Vialli, sind Sie zufällig hier oder möchten Sie auch etwas vom Blitzlicht abbekommen?« Sciarpa grinste ihn mit einer blitzweiß gebleichten Zahnreihe an. »Ich kann Sie beruhigen. Die Kriminalstatistik unserer Region wird durch diesen betrüblichen Todesfall nicht leiden. Venedig ist und bleibt trotz seiner Millionen Besucher eine der sichersten Städte Italiens, nein, Europas! Das kommt natürlich nicht von allein, sondern hat wesentlich mit der hervorragenden Organisation meines Teams und dem Einsatz der Beamten zu tun.« Es schien, als hätte er seinen für die Medien einstudierten Text derart verinnerlicht, dass er nicht mehr aus seiner Rolle herausfand. Die Skurrilität der Unterhaltung wurde nur von einer jungen Künstlerin überboten, die sich hinter ihnen mit Selfiestick aufgebaut hatte und einen Bericht des Geschehens aufgeregt an ihre Community sendete. »Awesome«, »cringe« und »toxic« waren die Wortfetzen, die auf eine reißerische Insta-Live-Story schließen ließen.

»Wenn Sie mich fragen, sind die Touristen und die Biennale ein Segen, aber natürlich kommen im Dunstkreis der Eliten auch gescheiterte Existenzen zu uns in die Lagune. Das sollten wir nicht allzu sehr aufbauschen. Ihr Fall Görlitz scheint mir auch so eine Geschichte der Dekadenz zu sein. Das Künstlermilieu, ich sage Ihnen, da könnte ich Ihnen Geschichten erzählen.«

Vialli war sicher, dass Sciarpa liebend gerne ein Akteur in der für ihn so ruchlosen Künstlerwelt wäre. Er versuchte, Sciarpa von seinen Fantasien in die Realität zurückzuholen. »Möglicherweise gibt es einen Zusammenhang. In beiden Fällen könnten Drogen eine Rolle spielen. Gibt es eine Spur zur Szene oder den Dealern?«

Sciarpa hob abwehrend beide Hände. »Um Himmels willen. Machen wir die ganze Geschichte nicht größer, als sie ist. Während der Saison kommt es ja immer wieder vor, dass wir eine Leiche aus dem Kanal oder einem Hotel-Pool fischen. Meistens war es ein Herzinfarkt. Natürlich entsprechen die Ursachen nicht immer ganz der allgemeinen Auffassung von Moral. Aber wir wollen ja nicht päpstlicher sein als der Papst, nicht wahr?« Er stupste Vialli vertraulich in die Seite.

»Das heißt, Sie wollen keine Ermittlungen einleiten?«, erwiderte dieser mit kühler Stimme.

»Aber nein, natürlich ermitteln wir in alle Richtungen. Was denken Sie denn? Eine erste Verdächtige werde ich höchstpersönlich vernehmen. Es handelt sich um eine Dame mit Verbindungen in die Kunstbranche. Herr Arturo Menzogna hat sie als seine Begleitung bei der Veranstaltung angemeldet.«

Vialli hob eine Augenbraue. »Lassen Sie mich raten: Die Dame heißt nicht zufällig Ambra Santoro?«

Die Assistentin vor Sciarpas Büro sprang auf, als sie den Raum betraten. »Kaffee, Wasser und Eiswürfel?«, rief sie beflissen und eilte, ohne eine Antwort abzuwarten, zur Teeküche.

Auf einem Stuhl neben dem Schreibtisch saß Ambra, vor ihr lag ein Aufnahmegerät. »Könnten Sie mir verraten, warum man mich hier seit mehr als einer Stunde festhält? Ich möchte Sie darüber in Kenntnis setzen, dass mein Vorgesetzter, Herr Chefredakteur Mangianino, bereits informiert ist und einen Kommentar über diese ungeheuerliche Vorgehensweise vorbereitet. Wir vermuten, dass Sie uns in unserer Arbeit aktiv behindern, weil unsere Berichterstattung zu unbequem ist. Warum halten Sie sonst eine investigative Journalistin von einem Leichenfundort fern?«

»Von wem sprechen Sie?«, fragte Sciarpa mit einem süffisanten Lächeln. »Sie sind ein ehemaliges Model, das sich unter Vortäuschung falscher Tatsachen als Begleitung des nunmehr leblosen Signor Menzogna eine Einladung in den Palazzo Volpi verschafft hat. Ich kann mich noch gut daran erinnern, wie Sie als Miss Jesolo in Pinos Strandbar posiert haben«, triumphierte er weiter. »Da sind natürlich die Partys der Kunstschickeria um einiges eleganter. Ich weiß nicht, was Sie in den vergangenen Jahren in Mailand getrieben haben, aber es wird wohl eine gute Vorbereitung für die Society-Berichterstattung auf Jesolo24 gewesen sein.« Sciarpas dreckiges Lachen füllte den Raum. »Dass Sie sich als investigative Journalistin bezeichnen, ist ja richtig drollig. Aber ich kann Sie beruhigen. Nachdem mich der Commissario über Ihre berufliche ›Position‹ aufgeklärt hatte, war es für mich selbstverständlich, mich mit meinem lieben Freund Orlindo Mangianino in Verbindung zu setzen und ihn über den Verbleib seiner Mitarbeiterin zu informieren. Jesolo24 ist im Übrigen eine von mir durchaus geschätzte Plattform im Kampf gegen das Verbrechen.« Wieder konnte er sich ein hämisches Lächeln nicht verkneifen.

Hier passt wieder einmal alles zusammen, aber nicht zu meinem Vorteil, dachte Ambra. Natürlich kannte Sciarpa den Chefredakteur. Mangianino hatte seine Karriere in der Lokalredaktion begonnen und sich dort mit viel Mühe und wenig Skrupel den Ruf eines knallharten »Blutreporters« erarbeitet. Für eine gute Geschichte würde er jederzeit seine Großmutter verkaufen und sie pünktlich liefern. Keine Ahnung, welchen Deal er mit Sciarpa hatte und ob er ihr helfen würde. Nachdem sie ihm getextet hatte, dass sie auf der Questura festsaß, lautete seine Antwort: »Eine Leiche bei der Party für einen Toten. Bin begeistert!! Ich erwarte Fotos!!! Vor 20 Uhr!!!!!!« Um 20.30 Uhr startete die wichtigste Nachrichtensendung des Landes und Mangianinos Traum war stets, dort mit Text oder Bild zitiert zu werden.

Nun begann die offizielle Vernehmung durch Commissario Sciarpa.

»Woher kennen Sie Herrn Menzogna und warum haben Sie gemeinsam die Party des Conte Volpi besucht?«

»Ich traf ihn zufällig vor einigen Tagen im Hotel Excelsior, wir kannten uns flüchtig von Veranstaltungen in Mailand. Ich weiß nicht einmal seinen richtigen Namen, alle haben ihn einfach Mr. Borsalino genannt. Der Hut war sein Markenzeichen. Man konnte sicher sein, dass er immer dort war, wo die Society feierte. Ich glaube, er hat selbst Kunst gemacht, gesehen habe ich jedoch nie etwas. Viel mehr kann ich Ihnen nicht erzählen.« In Ambras Stimme klang keine Unsicherheit mit.

»Also alles Zufall.« Sciarpa lächelte süffisant. »Sie treffen sich in jenem Hotel, in dem der ermordete Gustav Görlitz untergebracht war, dann verabreden Sie sich, gemeinsam auszugehen, und zufällig stirbt Herr Menzogna genau bei diesem Rendezvous. Wären Sie bereit, einen Drogentest zu machen?«

Ambra nickte irritiert. »Selbstverständlich. Ist Bors... Herr Menzogna an einer Überdosis gestorben? Wie gesagt, ich weiß nichts über seine Lebensumstände, und wir hatten seit unserer Begegnung im Excelsior keinerlei Kontakt miteinander. Ich war mir nicht einmal sicher, ob er noch in Venedig ist und heute kommen würde.«

»So viele Zufälle ... und dann kommt es zur Tragödie. Warum bin ich nicht erstaunt? Wir machen diesen Test, und danach werden Sie mir genau erzählen, wie und wo Sie an die Drogen gekommen sind und wann Sie diese an den Verstorbenen weitergegeben haben!« Sciarpa kam in Fahrt.

Langsam dämmerte Vialli, welche Spur Sciarpa verfolgte. Sein eitler Kollege wollte das Netzwerk der Dealer und ihre prominenten Konsumenten aufstöbern. Um Menzognas Ableben würde er kein Aufheben machen, aber wenn er einen Star überführen könnte, dann sähe die Situation plötzlich anders aus. Vialli traute ihm zu, dass er dann noch immer abwägen würde, wen er als Beute den Kameras der Presse präsentieren oder bei angemessenem Bußgeld laufen lassen würde. Doch Ambra ließ sich weiterhin nicht einschüchtern.

»Nur zu. Ich bin Ihnen ganz zu Diensten. Würden Sie bitte ein Foto von mir beim Test machen, damit ich damit meine morgige Geschichte auf Jesolo24 illustrieren kann?«

Sciarpa nickte und erwiderte mit einem maliziösen Lächeln: »Selbstverständlich. Sie sind doch sehr fotogen, wenn ich mich recht erinnere.«

Vialli überlegte, ob er seine Fassung verlieren und seinen Kollegen zurechtweisen sollte. Da Sciarpa ihm noch nützlich sein würde, unterdrückte er diesen Impuls, verließ grußlos die Questura und machte sich auf den Weg in eine kleine Bar am Campo San Luca. Nachdem er sich mit einem Aperol Spritz beruhigt hatte, schickte er Ambra seinen Standort auf ihr Handy.

»Du hättest dich ruhig ein bisschen mehr für mich einsetzen können!«

Vialli versuchte, sich nicht anmerken zu lassen, wie peinlich ihm selbst sein opportunistisches Wegducken war. Sciarpa hatte sich gegenüber Ambra unprofessionell und übergriffig verhalten. In Wahrheit war er konfliktscheu und ganz und gar nicht immer der Held, den viele Frauen in ihm von außen sahen. Alle feierten starke Frauen, aber wer wollte einen schwachen Mann sehen?

»Ich muss dir etwas sagen«, begann Vialli, nachdem sich Ambra gesetzt und ebenfalls einen Spritz bestellt hatte.

»Wird es jetzt romantisch? Ich muss dir auch etwas sagen. Heute Nachmittag habe ich die dritte Madonna kennengelernt und ich weiß nun, dass sie viel mehr als Görlitz' Assistentin war. Sie behauptet, die wahre Urheberin der neueren Werke von Görlitz zu sein und somit der Grund für sein sensationelles Comeback. Zuvor steckte er nämlich in einem ziemlichen Karrieretief und wurde von vielen bereits abgeschrieben. Zu Menzogna kann ich leider wenig sagen. Es tut mir wahnsinnig leid um ihn, aber wir kannten uns kaum und haben auch heute nur kurz miteinander gesprochen. Leider habe ich nicht mitbekommen, wann er die Veranstaltung verlassen hat. Ungefähr eine halbe Stunde bevor ich ihn gefunden habe, war er jedenfalls noch dort.«

»Danke, Ambra, das sind großartige Informationen. Ich kann dir auch einiges bieten und ich werde dich brauchen.«

Vialli machte eine dramatische Pause und beobachtete sein Gegenüber. Ambra hatte die Augenbrauen nach oben gezogen und wartete auf weitere Ausführungen.

»Heute früh haben wir die Auswertung der Daten auf dem Handy von Gustav Görlitz erhalten. Vieles war gelöscht, aber das meiste konnten wir wiederherstellen. Unter anderem eine Nachricht, die er am Tag seines Todes kurz vor dem Verlassen des Excelsior verschickt hat. Er hat wahrscheinlich Kokain bestellt und sich mit dem Dealer beim ›Gommissima‹ verabredet. Die Handynummer kann man nicht nachvollziehen, aber aus anderen Nachrichten geht hervor, dass der Mann in einem der besseren Hotels in Pineta an der

Bar arbeitet. Sein Name ist Claudio Pilotto. Er ist ein Südtiroler, der seinen Hauptwohnsitz in Wien hat und seit Mai in Jesolo Pineta gemeldet ist. Vielleicht kannte er Görlitz bereits aus Österreich. Langsam scheint sich alles zu einem Bild zusammenzufügen, auch wenn noch ein paar Puzzleteilchen fehlen. Vielleicht wurde Görlitz von ihm erpresst oder es gab Streit wegen der Bezahlung.«

»Bei Görlitz soll es finanziell auch nicht immer rosig ausgesehen haben. Der aufwendige Lebensstil, die Familie, die Frauen, das alles kostet. Gut möglich, dass hinter der glamourösen Fassade die Nerven blank lagen. Es gibt Stars, die angeblich in Geld baden und in Wahrheit nicht die Miete bezahlen können.« Dieses Problem kam natürlich nicht nur in den besten Familien vor. Immer mehr Menschen in Ambras Umfeld, die einen an sich gut bezahlten Job hatten, wussten nicht mehr, wie sie über die Runden kommen sollten. Dabei feierten sie weder exzessiv noch pflegten sie andere teure Hobbys. Die meisten genierten sich für ihre finanzielle Misere und achteten akribisch darauf, die Anzeichen dafür zu vertuschen. Beim Abendessen mit Freunden im Restaurant wurde nur ein Glas Wasser bestellt, angeblich, um mit Intervallfasten das Gewicht zu halten. Auf ein eigenes Auto verzichtete man der Umwelt zuliebe und Fernreisen waren ohnehin Klimakiller. Armut ist ein Tabu, dachte Ambra, als wäre sie eine ansteckende Krankheit. Nur die schöne Fassade zählt.

Was hatte sie von Mr. Borsalino gewusst? Eigentlich nur, dass er sich gerne zu allen Festen selbst einlud und im Schatten der Prominenz auf ein paar Lichtstrahlen hoffte. Warum er dies tat, war ihr gleichgültig gewesen.

Sie tippte auf ihr Handy und suchte das Instagram-Profil von Borsalino2000. Es war noch aktiv. Der letzte Eintrag zeigte einen Schnappschuss aus dem Foyer des Palazzo. »Tra i belli e ricchi. Zwischen den Schönen und Reichen. #biennaleforever#lovemylife#artisforlovers«. Darunter hatten sich viele schwarze Herzen und Emojis mit Tränen gesammelt. »OMG Mr. Borsalino! Was ist nur passiert?« und »Ich ziehe meinen Borsalino … Mailand verliert ein Herz und eine Seele«. Ambra scrollte weiter. Es folgten Fotos von den Giardini, vom Lido, vom Arsenale und von berühmten Künstlern wie Julian Schnabel oder der Sammlerin Francesca Thyssen. Das brachte ihm jede Menge Likes und Bewunderung. Auf manchen Bildern wurde der Borsalino-Hut über die Löwenstatuen am Markusplatz gestülpt oder ein Gondoliere tauschte ihn gegen seinen traditionellen flachen Strohhut ein. Menzognas Markenzeichen hatte die gesamte Lagune besucht, und schließlich fand sich auch ein Foto, auf dem unter seiner Krempe die stechenden Augen von Gustav Görlitz hervorblickten. Hinter ihm türmten sich … unverkennbar: die fantastischen Welten von Gaetano Mancusos »Gommissima«.

»Ich bin dabei. Was brauchst du von mir?«, fragte Ambra und sah endlich wieder von ihrem Display auf, direkt in Viallis Augen.

Die Nacht war sehr kurz gewesen. Nach dem Aperitivo in Venedig waren sie beide in ihren Autos nach Jesolo zurückgekehrt und hatten in der Pizzeria Nettuno trotz vorgerückter Stunde etwas zu essen bekommen. Eine Platte fangfrischer Meeresfrüchte und marinierter Fischfilets gesellte sich zu einer Flasche Prosecco und zum Schluss lud sie Natalino noch zu zwei, drei Limoncelli ein. Ein Drittel Zitronensaft, ein Drittel Zucker und ein Drittel Alkohol – das Rezept für den süßen Digestif war so einfach wie wirkungsvoll. Alles war zu viel gewesen. Die Anspannung nach dem Fund von Menzognas Leichnam, das Verhör von Sciarpa, schließlich die wiedergewonnene Vertrautheit mit Vialli. Was erhoffte sich Ambra von ihm? Ihre Erfahrungen mit zu gut aussehenden und zu selbstsicheren Männern sollten ihr doch eine Lehre sein. Ab jetzt nur noch nette, ein bisschen langweilige und grundsolide Männer mit seriösen Berufen wie Lehrer, Anwalt oder Buchhalter, hatte sie sich bei ihrer Rückkehr aus Mailand geschworen. Leider war bei allen Verabredungen mit dieser Spezies kein Exemplar dabei gewesen, das sie verführerischer als ihre Couch und die neue Staffel von »The Morning Show« gefunden hätte. Nur ab und an begegnete sie einem Commissario, der etwas geheimnisvoll wirkte und sie davon träumen ließ, wie es wohl wäre, in seinen Armen auf einem Liegestuhl am Strand den Nachthimmel zu beobachten.

»Basta, Ambra, hörst du mir überhaupt zu?« Orlindo Mangianino hatte das Gesicht bedrohlich nahe zur Frontkamera seines Computers bewegt. Seine Augen blitzten gefährlich und auf der Stirn hatten sich kleine Schweißperlen gebildet. »Wir sind auf einem sehr guten Weg. Du warst gestern die Erste am Tatort, dann deine

Verhaftung und die Fotos aus der Questura, das ist alles ganz wunderbar. Aber wir brauchen mehr davon! Ruf bitte alle deine Kontakte in Mailand an, damit wir herausfinden, was Menzogna in den vergangenen Wochen getrieben hat, wer seine Feinde und Freunde waren und vor allem, ob es irgendwelche Promis gibt, die nun nervös werden könnten. Sex, Drogen, Videos, all der Kram, bei so jemandem muss es ja eine ganze Schatzkiste an dreckigen Geheimnissen geben.«

»Vielleicht kann mich jemand bei der Recherche unterstützen. Ich würde mich heute gerne in der Szene in Jesolo und in Venedig umhören. Er war ein auffälliger Typ. Gut möglich, dass ich ein paar spannende Informationen auftreibe.«

Marga meldete sich mit Handzeichen und Daumen nach oben im Chat.

Mangianino grunzte zufrieden, war aber mit seinem morgendlichen Appell noch nicht fertig. »Wir dürfen die drei Madonnen nicht aus dem Blickfeld verlieren. So schön und so traurig, zwei Witwen und eine sexy Assistentin. Da fallen mir Geschichten ohne Ende ein. Also gebt mir einfach ein paar Anhaltspunkte, damit ich loslegen kann.« Der Chefredakteur hatte offensichtlich vor, die Grenze zwischen Journalismus und Fiktion zu verwischen. Bereitwillig meldeten sich zwei Kollegen aus dem Lokalressort für den Auftrag. Für Ambra bedeutete dies, dass sie heute relativ unbehelligt umsetzen konnte, was sie gestern spätnachts mit Vialli ausgeheckt hatte.

9.

Das Falkensteiner Hotel Jesolo war eines der wenigen Fünf-Sterne-Resorts der Stadt. Sein eindrucksvoller weißer, moderner Bau lag direkt am Lungomare Mike Bongiorno. Die Strandpromenade war nach dem wohl bekanntesten Fernsehmoderator Italiens, dem »König der Quizsendungen«, benannt worden. Ab den 1950er-Jahren war er beinahe 60 Jahre lang Stammgast in den italienischen Wohnzimmern gewesen. Ambras erste Erinnerungen an das Fernsehen verband sie mit den Shows, in denen er die Bühne dominiert hatte. Sein Schlachtruf lautete »Allegria!« und traf die Sehnsucht von Millionen nach einem Weltkrieg und den anschließenden schwierigen und wechselvollen Jahrzehnten. Der Terror der Brigate Rosse, die Spaltung des Landes, der Kampf gegen Mafia und Korruption und zuletzt die Pandemie, die im Norden Italiens eine tödliche Spur gezogen hatte –, Italien war oft gestolpert, aber immer wieder aufgestanden. Ambra erfüllte dies, wie viele ihrer Landsleute, mit einem gewissen Stolz. Mike Bongiorno stand für all das: Er war nicht nur Showmaster, sondern zuvor Anwalt, Journalist und Partisanenkämpfer gegen die Nazis gewesen. All das hatte er in nur einem Leben geschafft und dabei unerschütterlichen Optimismus ausgestrahlt. Ambra wünschte sich, sie wäre in ihrer eigenen Karriere bereits weiter. Sie wollte beweisen, dass sie eine gute Journalistin war und nicht nur eine Schönheitskönigin aus der Provinz, die von Katalogfotos lächelte und nun Klatschgeschichten für ein Onlineportal zusammensammelte. Es musste ja nicht gerade ein Teil des Lungomare nach ihr benannt werden. Ambra würde es bereits reichen, wenn sich ihre Nonna keine Sorgen mehr um ihre Zukunft machen musste.

Ein Tischchen im Garten war frei. Hier verkehrten das schicke Jesolo und Urlauber, die Design und ein kosmopolitisches Flair schätzten. Vor ihr lagen drei Menükarten. Es gab Sushi, italienische Klassiker und eine Auswahl an Bar-Snacks. Nachdem sie ihr heutiges Budget überschlagen hatte, entschied sie sich für einen Cappuccino und ein Cornetto mit Nutella-Füllung. Das war mehr, als sie an manchen Tagen in ihrer Model-Zeit zu sich genommen hatte.

Ambra blickte sich um. Sie zählte fünf Eres-Bikinis, drei Vilebrequin-Badeshorts und zwei Etro-Kaftane. Daneben saßen Senioren in Golfkleidung, aber auch Kinder in Badehosen mit riesigen Eisbechern und einem schokoladeverschmierten Lächeln auf den Lippen. Von den prekären Existenzen, den Prostituierten, der Drogen- und Gewaltszene an den Küsten des Landes war hier nichts zu spüren. Irgendwo zwischen diesen zwei Facetten des Urlaubsparadieses hatte Mr. Borsalino sich bewegt. Vialli hatte keine offizielle Meldeadresse gefunden. Die letzte von ihm gemietete Wohnung war in Mailand vor knapp einem Jahr aufgekündigt worden. Aus

Unterlagen ging nicht hervor, ob dies freiwillig oder aus der Not geschehen war. Die gelegentlichen Aufnahmen auf den Social-Media-Kanälen legten lediglich nahe, dass Mr. Borsalino sich seit knapp einem Monat in der Lagune aufhielt. Wahrscheinlich war er nur für die Partys nach Venedig gefahren und hatte ansonsten das günstigere Hinterland bevorzugt. Wo er geschlafen, sich gewaschen und für die Society fein gemacht hatte, blieb ungewiss. Vielleicht würde dieser Ort durch die Auswertung von Borsalinos Handydaten ermittelt werden.

Bis dahin wollte Ambra sich beim besten Nachrichtendienst der Region informieren. Pino Biscotto, stets mit einer Kapitänsmütze auf dem Kopf, war eine Legende unter den Barbesitzern. Das »Pino« war, seit sie denken konnte, ein Treffpunkt für Einheimische und Touristen. Um fünf Uhr nachmittags läutete der Padrone durch das Schlachten einer Anguria, einer riesigen Wassermelone, die Zeit der abendlichen Cocktails mit Spumante und unterschiedlichsten Mix-Getränken ein. Dass sich Pino für einige Stunden aus seiner Domäne entfernte, um Ambra zu treffen, war eine besondere Ehre. Das Falkensteiner war sein Vorschlag gewesen. »Ich reise nur noch selten ins Ausland, höchstens hin und wieder aus Nostalgie nach Südfrankreich. Da kommen Erinnerungen an die 60er-Jahre hoch, die große Zeit der ›Les Italiens‹, der italienischen Playboys, in Saint-Tropez. Meine Familie, die jedes Jahr bei mir Boccia spielt und Spumante trinkt, will, dass ich mit ihr dort meinen 80. Geburtstag feiere. Aber wer nach Jesolo kommt, hat ein Recht darauf, dass Pino in Pinos Bar steht. Hier, zwischen Sushi und Lounge-Musik, habe ich doch das Gefühl, ein bisschen rauszukommen, wenn auch nur ein paar Hundert Meter von meiner Bar entfernt.«

Ein Kellner brachte ihnen zwei Bellini und ein paar Pizzette.

»Jedenfalls freue ich mich, wieder einmal mit dir in Ruhe zu plaudern. Die Zeit rennt uns ohnehin davon. Es kommt mir wie gestern vor, dass dir alle Jungs am Strand hinterhergelaufen sind und bei mir Eis und Granita für dich bestellt haben. Jetzt strengen sie sich hoffentlich ein bisschen mehr an.« Er lachte und schaute sie dann ruhig an. »Was liegt dir auf dem Herzen, dass du dich an deinen alten Freund Capitano Pino wendest?«

Ambra war erleichtert, dass er ihr den Einstieg einfach machte. Früher war sie fast täglich bei ihm in der Bar gewesen, zunächst als kleines Kind mit ihrer Mutter und der Nonna, später mit ihren Freundinnen. Doch seit sie aus Mailand zurück war, hatte sie sich nur blicken lassen, wenn es um ihre Arbeit ging. Da gab es das obligatorische Foto mit Bikini-Schönheiten zum Saisonauftakt, aber auch ernstere Angelegenheiten wie die Randale betrunkener Jugendlicher, die traditionell während der Pfingstferien aus den nördlicheren Gegenden in den Urlaubsort einfielen. »Ich hätte tatsächlich eine Bitte«, begann sie vorsichtig. »Vielleicht hast du es in den Nachrichten gelesen: Gestern ist ein Bekannter von mir in Venedig tot aus dem Canal Grande gezogen worden. Er stammt aus Mailand, war aber seit mindestens zwei Wochen hier in der Gegend unterwegs. Niemand weiß, wo er gewohnt und was er gemacht hat. Wenn er aber in Jesolo war, hat er vielleicht deine Bar besucht. Kommt er dir bekannt vor?« Sie zeigte Pino ein Bild von Borsalino auf ihrem Handy. Er betrachtete es sorgfältig und nickte dann langsam.

»Er war bei mir. Mehrere Male. Ich kenne solche Typen. Machen tausend Fotos und spielen auf große Welt. Dachte mir, es kann ja nicht schaden, auf seinen Bildern im Internet aufzutauchen. Bestellt hat er kaum etwas, zwischendurch einen Espresso und den hat er meist vergessen zu bezahlen. Was soll's, hab ich mir gedacht. Ist ja klar, dass er keinen Cent in der Tasche hat, aber er sorgt für Stimmung.«

»Hast du eine Ahnung, wo er gewohnt und mit wem er seine Zeit verbracht hat?«

Pino machte eine leicht abfällige Handbewegung. »Würde mich nicht wundern, wenn er die Nächte auf einem Liegestuhl am Strand verbracht hätte. Er stand immer sehr früh am Morgen an der Bar, später habe ich ihn manchmal bei den Umkleiden und den Duschen am Lungomare gesehen. Meistens war er allein. Andererseits kannte er alle. Das ist immer die beste Tarnung, wenn man sich nicht in die Karten blicken lassen will.«

»Hast du mitbekommen, dass er Drogen genommen hat oder sich welche besorgen wollte?«

»Ich kann meine Jungs an der Bar fragen, ob ihnen diesbezüglich etwas aufgefallen ist. Er kam mir nie besonders high vor, aber routinierte Konsumenten können das gut verbergen. Das letzte Mal habe ich ihn vor zwei oder drei Tagen am Nachmittag gesehen. Er war etwas früher da als üblich. Wirkte gut gelaunt, bestellte sogar einen Eiskaffee. Dann wollte er nach Venedig fahren. Schien wieder Geld für Benzin zu haben. Normalerweise suchte er nach Mitfahrgelegenheiten.«

Mr. Borsalino hatte also immerhin ein Auto besessen. Vielleicht hatte es auch als seine letzte Wohnung gedient.

»Wo hat er denn geparkt?«, fragte sie schnell, da Pino bereits auf die Uhr blickte.

»Die alte Schüssel hat immer unter den Pinienbäumen hinter dem ›Gommissima‹ gestanden. Sie ist nicht zu übersehen. Ein gelbes Golf Cabrio aus den 90er-Jahren mit einer Menge rostiger Dellen.«

»Pino, ich liebe dich!«

Ambra gab dem Capitano einen Kuss auf die Wange, bestellte die Rechnung und eilte den Lungomare hinauf bis zum Hotel Beau Rivage. Dabei durchquerte sie den kleinen Pinienwald, der die Hotelanlage umgab und direkt am »Gommissima« anschloss. Sie verlangsamte ihre Schritte. Sie war noch nicht so abgebrüht, dass ihr der Gedanke an die Tat nicht einen Schauer über den Rücken gejagt hätte. Plötzlich sah sie zwischen den Piniennadeln etwas am Boden glitzern. Sie bückte sich. Es war ein winziges goldenes Kreuz, ein Anhänger, den jemand verloren hatte. Ein Zeichen vom Himmel? Ambra steckte ihren Fund in ein Seitenfach ihrer Handtasche.

Sie war am Parkplatz angelangt. Ein knallgelbes Cabrio parkte im hintersten Winkel. Davor stand Commissario Vialli mit seinem Assistenten Giannino und einem Team an Forensikern und inspizierte das, was Borsalino in dem Wagen an Habseligkeiten aufbewahrt hatte.

Die Ausbeute aus dem Inneren des Cabrios war beachtlich. Sieben Kisten mit Magazinen, Fotoalben, Kleidungsstücken, Kosmetika, Handtüchern und Decken türmten sich vor ihnen auf. Wie Vialli berichtete, war das Auto auf die Schwester des Verstorbenen angemeldet, seine einzige Hinterbliebene. Die Nachricht seines Todes hatte sie mit großer Bestürzung aufgenommen. Zwar waren ihr die finanziellen Probleme ihres Bruders bekannt. Aus diesem Grund hatte sie ihm im letzten Winter ihr altes Auto überlassen. Sie wusste jedoch nicht, dass er kurz darauf seine Wohnung in Mailand verloren hatte, weil er mehrere Monate die Miete nicht aufbringen konnte. Ihr gegenüber hatte er die Rolle des unbeschwerten Bohemiens offenbar genauso gut gespielt wie vor seinen Freunden auf Facebook, Instagram und TikTok. Ende des Sommers hatte er sie zu einem kleinen Urlaub nach Ligurien einladen wollen, dorthin, wo sie als Kinder gemeinsam mit ihren Eltern gefahren waren.

»Er hat ein Doppelleben geführt«, stellte Vialli fest. »Nach außen stets fröhlich, bestens vernetzt bei den Reichen und Schönen und Kreativen, aber in Wahrheit ein Vagabund, gestrandet in Jesolo Pineta. Es muss viel Disziplin gekostet haben, die Fassade aufrechtzuerhalten. Viel Disziplin und natürlich ein Minimum an Geld für das Notwendigste.«

»… und die Drogen«, warf Ambra ein.

Vialli schüttelte den Kopf. »Hier kommt die nächste große Überraschung: Unser Freund hat keinerlei Drogen zu sich genommen, zumindest nicht in den letzten Monaten. Die Theorie, dass er im Drogenrausch ins Wasser gefallen wäre, ist dadurch auch hinfällig. Dennoch besteht die Möglichkeit, dass es ein Unfall war.«

Als ihn Ambra fragend anblickte, fuhr er fort. »Er war Nichtschwimmer. Das hat mir seine Schwester verraten. Vielleicht ist er gestolpert, vielleicht hat jemand nachgeholfen. Jedenfalls hatte er regelrecht panische Angst vor dem Wasser. Kann mir vorstellen, dass es für ihn schönere Orte als Venedig gab.«

Es war Mittag und die Sonne brannte unerbittlich wie eine Glutkugel vom Himmel. Giannino hatte seine Hemdsärmel hochgekrempelt und die Haare zu einem Zopf gebunden. Man konnte sich gut vorstellen, wie er früher als »Bagnino« auf dem »Relax Beach« ein beliebtes Fotomotiv für die Touristinnen abgegeben hatte. Manchmal sehnte er sich zu dieser unbeschwerten Zeit zurück. Die Arbeit im Freien hatte er immer geliebt. Mit seiner Trillerpfeife sorgte er für Ordnung oder konnte den einen oder anderen Badegast, der sich zu präpotent benommen hatte, ärgern. Jetzt musste er sich in der größten Hitze mit der Hinterlassenschaft eines offensichtlich sammelwütigen Kunstnomaden auseinandersetzen. Gerade wollte er um eine Pause bitten, als ein äußerst interessanter Fund seine Aufmerksamkeit erregte: Unter dem Vordersitz lugten ein Laptop und eine kleine Kiste hervor. Das Schloss war schnell geknackt. Darin befanden sich fein säuberlich geordnet mehrere Datensticks und zwei kleine goldene Anhänger.

»Ein Anker und ein Herz«, flüsterte Ambra, nachdem sie Giannino über die Schulter geblickt hatte. »Glaube, Liebe und Hoffnung.«

Vialli blickte sie fragend an.

»Hinten im Pinienwald habe ich vorhin ein kleines goldenes Kreuz gefunden. Ich wette, die drei Anhänger gehören zusammen. Jemand muss sie hier verloren haben, und für Borsalino waren die Gegenstände offenbar wichtig genug, um sie sorgfältig aufzubewahren.«

10.

Drei Nächte hatte sie kaum geschlafen. Nach außen musste sie funktionieren, die Ruhe bewahren, sich nur nichts anmerken lassen. Sie hatte es so weit geschafft, nun durfte sie sich nicht wieder in das schwarze Loch zurückwerfen lassen, aus dem sie mit so viel Mühe herausgekrochen war.

Gustav war tot. Die Sonne war vom Himmel gefallen. Das Planetensystem musste sich neu ausrichten, damit es im Gleichgewicht der Anziehungskraft bestehen konnte. Für sie bedeutete dies einen absoluten Reset.

Seit beinahe 30 Jahren hatte sie ihm ihr Leben untergeordnet. An der Akademie für Angewandte Kunst galt eigentlich sie als die Talentiertere von ihnen beiden. Die Professoren führten ihre Klassen wie Fürsten, und wer am Hof wohlgelitten war, konnte sich gute Kontakte sichern. Sie war nicht nur begabt, sondern auch hübsch. Es gab Avancen, mehr oder weniger moralische Angebote und echte Unterstützung. Eine bekannte Galeristin – von denen gab es in der Stadt nur eine Handvoll – organisierte für sie im dritten Semester eine Einzelausstellung. Bekannte Sammler wurden eingeladen, und renommierte Tageszeitungen erwähnten sie lobend in ihren Feuilletons.

Dann erschien Gustav auf der Bildfläche. Sie konnte sich genau an jenen Moment erinnern, als sie ihn zum ersten Mal gesehen hatte. Es war auf der Treppe der Akademie am Schillerplatz. Er trug einen Regenschirm, was in dieser Umgebung als ziemlich bourgeois auffiel. Zuvor hatte es genieselt. Sie selbst ließ die Tropfen an sich abperlen. Genussvoll sog sie den Duft des Sommerregens ein, der sich mit dem Dampf des Asphalts vermischte. Gustav war anders. Das merkte sie sofort. Seine Aufgeräumtheit und sein nüchterner Blick hätten besser auf die Wirtschaftsuniversität oder zum Juridicum gepasst. Doch er hatte sich für die Kunst entschieden. Später wusste sie, dass seine Vorbilder Stars wie der damals bereits in den USA erfolgreiche Maler Gottfried Helnwein waren. Gustav wollte eine Illusion erschaffen, um durch sie ein reales Leben in Wohlstand führen zu können. Kunst war für ihn Alchemie. Aus dem Nichts, aus einem Stück Pappkarton und einem rostigen Nagel, konnten Kunstwerke in Millionenhöhe entstehen.

Zwischen ihm und seinem Traum stand ein großes Hindernis. Er musste einen Fuß in den Cercle des Kunstmarktes bekommen, und dafür benötigte er einen Lebenslauf, der sich gut in den Katalogen abdrucken ließ. Ein Studium an einem anerkannten Institut, auch wenn er es abbrechen würde, wäre ein idealer Einstieg. Er hielt es jedoch für unwahrscheinlich, zwischen den vielen Bewerbungen für die Akademie von der Jury ausgewählt zu werden. Dafür konnte er seine Möglichkeiten sehr realistisch einschätzen. Auch dies war eine seiner großen Stärken. Kurz hatte er überlegt, doch in den Marketingbereich eines großen Konzerns oder in die Politik einzusteigen. Dort verstand man die Zeichen der Zeit: Message-Control war wichtiger als die Message selbst. Wer heiße Luft gut verpackte, konnte auch Träume in schöne Flaschen abfüllen und hochpreisig verkaufen.

Doch an diesem Nachmittag im Spätsommer entschied das Schicksal für ihn. Monika war ihm vom ersten Augenblick an verfallen und er verliebte sich in ihren Geist, ihre Gestaltungskraft und die Sicherheit, mit der sie ihre Konzepte umsetzte. Eigentlich überredete sie ihn zu ihrem Pakt. Es wäre doch kein Problem, ihm bei der Erstellung seiner Mappe für die Aufnahmeprüfung zu helfen. Sie kannte einige Professoren, mit denen sie über ihn sprechen konnte. Wir sind ja keine Spießer, meinte sie, wenn ich etwas wirklich will, bestimme ich selbst den Einsatz, und wenn es mein Körper ist. Gustav errötete. Er war noch so schüchtern. Eigentlich hatte er damals eine Freundin, eine Verlobte, wie er erklärte. Sie trugen die gleichen Ringe mit einem roten, einem blauen und einem weißen Stein. Liebe, Treue und Ewigkeit. Monika fand das amüsant. Solche Konventionen nahm sie nicht ernst. Ich bin doch nicht eifersüchtig! Wenn du neben mir eine andere Frau liebst, dann kann ich damit umgehen. Doch bald gab es nur noch sie zwei. Sie zwei, die Akademie und ihre Kunst. Sie konnten in den jeweils anderen hineinblicken, ihn ohne Vorbehalte lesen und alle Tabus berühren. Von außen war es unmöglich, in ihren Kosmos einzudringen oder ihre Einheit vollständig zu verstehen. Aus dieser Synergie entstand ein schöpferischer Prozess, in dem Grenzen neu gezogen wurden und eine Welt entstand, die ihnen beiden gehörte.

Das Treibhaus, so nannten sie ihr Atelier, war ein völlig neues Konzept in einer Zeit, in der Reality-Shows gerade erst aufkamen. Performances, der Raum als gesellschaftliches Labor und die Anarchie der Leidenschaft waren die Lockworte, bei denen eine bestimmte Klientel den Geldbeutel öffnete. Es gab reiche, gelangweilte Kunden, die einen pervers hohen Preis bezahlten, um auf einem für sie reservierten Sessel zu jeder ihnen genehmen Zeit Platz nehmen und das Spektakel des jungen, wilden Künstlerpaares beobachten zu dürfen. Dass nichts spontan, sondern in den gemeinsamen Stunden und Nächten, die sie meist in ihrer kleinen nahe gelegenen Wohnung verbrachten, akribisch geplant war, das wollte niemand wissen. Vielleicht konnten sie es auch einfach nicht sehen und nicht spüren. Die Abgestumpftheit der Seelen war ein Motiv, mit dem sie sich in ihren eigenen Arbeiten intensiv beschäftigte. Doch dafür blieb immer weniger Zeit. Alles drehte sich um Gustav. Es war nicht immer einfach, ihn allein im Scheinwerfer glänzen zu sehen. Aber er war doch so glücklich und sie bekam so viel zurück an Liebe und an Dankbarkeit.

Nach dem Abschluss an der Akademie wurden die Ateliers größer – sie lagen nun in Villen und Penthouses – und die Kundschaft immer potenter und internationaler. Mittlerweile waren Gustav und Monika Bestandteil der wichtigen Kunstmessen, und die Preise für ihre Arbeiten stiegen schneller als die Aktienpakete der Tech-

Unternehmen. Das Treibhaus war ein Unternehmen mit mehreren Angestellten geworden. In kleinen Teams stellten sie nach genauen Vorgaben jene Werke her, die später von Gustav Görlitz signiert wurden. Besonders beliebt waren aus buntem Plastilin modellierte Wandreliefs. Gustav war der CEO des Treibhauses, sie so etwas wie die kaufmännische und künstlerische Leiterin im Hintergrund. Die Ansprüche wuchsen und damit der Druck auf sie. Alles drehte sich darum, wie man noch mehr Geld umsetzen, mehr Exklusivität erzeugen könnte und nur ja nie langweilig werden würde.

Einige Jahre hielt sie durch. Dann ertrug sie die mit Alkohol, Ekstase und gespielter Unbekümmertheit gefüllten Nächte nicht mehr. Den Betrieb musste sie mit klarem Kopf führen. Die Verhandlungen mit den Geldgebern und Händlern wurden immer komplizierter, je höher das Treibhaus in den Rankings der teuersten Kunstwerke stieg. Mit brummendem Schädel und dem Down, das sich nach der euphorisierenden Wirkung der Drogen einstellte, verkümmerte zudem ihre schöpferische Kraft, die nach wie vor den Kurs bestimmte. Damit alles so blieb, wie es war, musste sich alles ändern. Sie brauchte eine Exit-Strategie.

Die Idee war bestechend simpel, verlangte jedoch nach einer mit äußerster Vorsicht betriebenen Umsetzung. Gustav sollte künftig ganz allein der Markenträger sein. Als einsamer, streunender Wolf würde er eine gute Projektionsfläche für geheime Wünsche und Obsessionen abgeben. Entsprechend düster und radikal legte sie die erste Periode seiner Arbeiten aus. Natürlich barg der Fokus auf seine Person das Risiko, dass er sie irgendwann zurücklassen könnte. Daher musste sie hinter den Kulissen weiterhin alle Strippen ziehen und sicherstellen, dass ihm die gegenseitige Abhängigkeit stets bewusst war.

Dem Geschäft zuträglich war das blendende Aussehen Gustavs, das keine Spuren des unsteten Lebenswandels zeigte. Dafür sorgte sie, indem sie ihn wie einen Leistungssportler mit Ernährungsplan, Personal Trainer und ausreichend Regenerationsphasen kontrollierte. Alles funktionierte wunderbar, und vielleicht waren es die ruhigsten und zufriedensten Jahre ihres Zusammenseins.

Alles änderte sich mit dem immer drängenderen Wunsch nach Kindern. Lange war das kein Thema gewesen. Doch mit Ende 30 stellte sie sich immer öfter vor, wie ihr Leben weiter verlaufen könnte. Was würde von ihrer Beziehung bleiben, außer einem Geschäft, das auf Illusionen fußte? Es hatte ihr nie so viel bedeutet wie die Liebe zu Gustav, und wenn er aus welchen Gründen auch immer nicht mehr hier war, dann stünde sie mit leeren Händen da. Diese Erkenntnis, vor Augen geführt mit der Grausamkeit, die ein Blick auf die nackten Tatsachen zustande bringt, verfestigte sich zu einer Gewissheit. Es gab nur einen Weg dieses Schicksal aus ihren Vorstellungen zu verbannen. Sie wollte Kinder, um jeden Preis.

Gustav war begeistert. Eine Kleinfamilie mit Haus im Grünen, Pool und einem eigenen Gemüsegarten, dazu gackernde Hühner, die Frühstückseier lieferten, und eine flauschige Katze hinter dem Ofen erschienen ihm wie eine geradezu paradiesische Vorstellung. Er hatte genug aufgeblasene Egos gestreichelt und sich zum Clown der Geschmackselite gemacht. Sie fanden ein verwunschenes kleines Cottage im Weinviertel, einer lieblichen Gegend vor den Toren Wiens, und richteten sich dort ein.

Das Treibhaus wurde geschlossen. Von nun an trat er als Gustav Görlitz nur noch bei wirklich wichtigen Events in Erscheinung. Monikas zwei Schwangerschaften, die Geburt ihrer Töchter und ihre ländliche Idylle hielten sie vor der Öffentlichkeit streng geheim. Damit alles blieb, wie es war, begleitete Johanna, eine angenehme und genügsame Person, Gustav bei seinen Verpflichtungen und spielte die Ehefrau. Ein bisschen Show musste sein, damit er zumindest hin und wieder ein Bild verkaufen konnte, aber Johanna sorgte dafür, dass Gustav nach kleinen Eskapaden immer wieder den Weg nach Hause fand.

Eine Zeitlang ließen sich ein paar treue Sammler auf diese Weise bei Laune halten. Schlimmer als die wegbrechenden Umsätze war die Tatsache, dass Monika, abseits der verlogenen Marktmechanismen, sehr wohl einschätzen konnte, dass die Arbeiten zunehmend an Kraft und Originalität verloren.

Der Wendepunkt kam anders, als sie alle es sich ausgemalt hatten.

An einem Wintertag vor etwas mehr als drei Jahren machte sich Gustav mit seinem alten Range Rover auf den Weg nach Wien, weil ihn die Albertina, eines der bedeutendsten Museen des Landes, zu einem Fundraising-Dinner eingeladen hatte. Im Rückblick war dies der Beginn einer verhängnisvollen Affäre, die ihre Ebenen ins Rutschen brachte. An seinen Tisch mit Chefredakteuren, Malerfürsten und Industriellengattinnen setzte sich Anna Theissen.

11.

Vialli pfiff anerkennend. Der kleine Bungalow unter den Pinien war geschmackvoller und heimeliger eingerichtet als die meisten opulenten Domizile, die er kannte. Die Einladung Ambras auf einen Kaffee bei ihr zu Hause hatte er gerne angenommen, nicht nur weil sie dort unbehelligt die nächsten Schritte besprechen konnten. Vor einiger Zeit hatte sie ihm erzählt, dass ihre Nonna ihr das Haus überlassen hatte. Ein wenig beneidete er sie um die Selbstverständlichkeit, mit der sie die Hilfe und Zuneigung ihrer Familie annehmen konnte.

Nachdem sie sich auf die Veranda gesetzt hatten und Ambra erfreulich nahe neben ihm saß, fragte er, was ihn schon lange interessierte: »Warum bist du eigentlich bei deiner Großmutter aufgewachsen?«

Ambra verschluckte sich beinahe an einem der Cantuccini, die sie, wie sie erwähnt hatte, hin und wieder auf Vorrat backte. »Das ist eine lange Geschichte, die du noch nicht hören möchtest«, wehrte sie entschieden ab.

Das Gegenteil war der Fall. Er würde ihr liebend gerne stundenlang zuhören, Espresso aus den pastellfarbenen Tassen trinken und im Schaukelstuhl auf der Veranda ihre Nähe spüren. Er war sich jedoch nicht ganz sicher, wie sie auf diesen Vorschlag reagieren würde. Da er außerdem nicht über seine eigene familiäre Situation sprechen wollte, wechselte er schnell das Thema.

»Wir müssen umsetzen, was wir gestern Abend besprochen haben. Das Wichtigste ist, dass wir zeitnah Kontakt mit Claudio Pilotto aufnehmen. Wie ich dir erklärt habe, bringt eine offizielle Vorladung wenig und wir würden ihn damit nur aufscheuchen. Es ist viel besser, wenn du deine feinen Fühler ausstreckst.«

Ambra nickte. »Er arbeitet im Marittima, das ist praktisch das Nachbarhotel vom Bellavista in Richtung ›Gommissima‹. Der Restaurantchef ist ein Bekannter von Marga, ich kann ihn anrufen und so tun, als würde ich eine Geschichte über die besten Barkeeper Jesolos planen. Dafür musst du mir zusichern, dass ich exklusiv die Infos auf Menzognas Laptop und den Datensticks erhalte, sobald die Datenforensiker ihre Arbeit erledigt haben.«

Mr. Borsalino hatte seine Daten und Onlineprofile akribisch mit Passwörtern abgesichert. Es würde wohl noch ein paar Stunden dauern, bis Vialli und sein Team die Daten einsehen konnten.

»Ich habe das Gefühl, dass wir etwas Wesentliches übersehen. Es gibt zwei Mordfälle und wir tappen komplett im Dunkeln. Giannino hat Gaetano gestern zwei Stunden verhört. Er schwört, dass er Gustav Görlitz niemals zuvor in seiner Hüpfburg gesehen hat. Menzogna war ihm aufgefallen, er hat ja praktisch vor seiner Tür auf dem Parkplatz gewohnt. Er fand ihn zwar etwas bizarr, aber dachte sich nichts weiter dabei. Er ist niemand, der sich in die Angelegenheiten anderer einmischt, und in Jesolo sind schräge Existenzen keine Seltenheit.«

»Dann wären da noch die wahre und die angebliche Ehefrau, die Assistentin und die reiche Sammlerin«, sagte Ambra, während sie eine Karaffe Wasser und Gläser neben die Kaffeetassen stellte.

»Eine Menge Menschen stehen in dieser Geschichte herum und versperren mir den Blick auf die Wahrheit«, murmelte der Commissario und beugte sich noch näher zu Ambra hinüber. Sie hatte wieder neben ihm Platz genommen und er konnte ihr Parfum riechen. Zitrone und ein Hauch Bergamotte. Sein Handy klingelte.

»Bitte, wer stört?« Die Antwort ließ ihn mit einem Ruck aus dem Stuhl aufstehen. »Tatsächlich, das ist mehr, als ich erwartet hätte. Ich mache mich sofort auf den Weg ins Büro.«

Mit funkelnden Augen drehte er sich zu Ambra um und sie schien zu ahnen, dass es endlich einen Durchbruch im Fall gegeben hatte.

»Borsalino hat ganz schön viel unter seinem Hut versteckt. Das Zauberwort, um an den Schatz zu gelangen, war übrigens ›Madhatter‹, eine kleine Anspielung auf den verrückten Hutmacher aus ›Alice im Wunderland‹. Es gibt zigtausende Fotos auf seiner Festplatte und darunter sind etliche nicht jugendfrei. Die Aufnahmen sollen teils von schlechter Qualität sein, weil sie offensichtlich heimlich aufgenommen wurden. Nun die Überraschung: Auf einigen dieser Bilder ist Gustav Görlitz zu erkennen.«

Ambra lehnte sich zurück. Durch diese Entdeckung konnte sie sich eine weitere Recherche für Mangianino und die nächste Headline sparen. Um 22 Uhr würde sie eines der weniger skandalösen Bilder zugespielt bekommen und es gemeinsam mit einigen Zeilen zum Mord und den mysteriösen Umständen veröffentlichen können. Dass ihr alter Bekannter aus Mailand ein Erpresser war, hatte sie überrascht, aber nicht schockiert. Was machten die Menschen nicht alles, um zu überleben oder zu einem besseren Leben zu kommen? Jesolo war ein Ort, an dem Armut und Wohlstand aufeinanderprallten. In Pineta wurden Penthouses direkt am Strand mit Blick auf das Meer und einem Whirlpool auf der Dachterrasse verkauft. Der Golfplatz war mit dem Auto in einer Viertelstunde erreichbar und das mondäne Venedig lag um die Ecke. In Lido di Jesolo kamen zur Saison Hunderttausende Gäste, um einen für den Mittelstand noch leistbaren Familienurlaub zu verbringen. Gute Küche, dann ein Spaziergang in der Fußgängerzone mit einem Nutellaeis von der Gelateria Marley und zum Abschluss einen Aperol Spritz – das war der kleine Luxus, auf den man sich in grauen Wintertagen freute. An den Wochenenden fielen die Mailänder und andere Bewohner der norditalienischen Städte ein, um auf den Campingplätzen oder in ihren Bungalows und Ferienwohnungen der Hitze und der Beengtheit zu entkommen. Am meisten gefürchtet waren Jugendliche aus den unterschiedlichsten Ländern, die für ihre Vereinsausflüge, Junggesellenabschiede, Geburtstage und andere Gelegenheiten zum Besäufnis nach Jesolo kamen und nicht selten ein öffentliches Ärgernis erregten.

Dieser Zirkus wurde von einem Heer an Servicekräften und Dienstleistern aufrechterhalten. »Für uns gibt es das Meer erst wieder ab Oktober«, hatte Ambra in ihrer Kindheit von den Eltern ihrer Freundinnen gehört, die, wie die meisten hier, ihr Geld mit den Touristen verdienten. Damals konnten sich viele mit den Gehältern oder mit ihren Betrieben eine angenehme Existenz aufbauen. Mittlerweile waren die Lebenskosten gestiegen und die Trinkgelder kleiner geworden. In diesem soziologisch vielfältigen Mikrokosmos kämpften Strandverkäufer, Masseure, Kokosnuss-Anbieter und Zöpfeflechterinnen darum, den Touristen unter den Sonnenschirmen einige Euro aus dem Urlaubsbudget zu locken.

Für einen Glücksritter wie Menzogna war diese Welt ein perfektes Versteck. Er übernachtete wie viele andere, die gekommen waren, um Geld zu verdienen, und im Gegenzug so wenig wie möglich liegen lassen wollten, an einem Platz, der ihn nichts kostete. Das konnte eine Schlafgelegenheit bei Freunden oder auch nur flüchtigen Bekannten sein, die man zuvor in einer der vielen Bars rund um die Piazza Mazzini und die anderen Hotspots kennengelernt hatte. Für Menzogna war sein Auto zum Rückzugsort geworden. Hier sichtete er wahrscheinlich das Material aus seinen täglichen Beobachtungszügen und arbeitete Pläne aus, wie er die Ergebnisse materialisieren konnte.

Wahrscheinlich hatte er mit diesem Geschäft bereits in Mailand begonnen. Dort lief in der Kunstszene vieles hinter verschlossenen Türen ab und der Zugang wurde nach strengen Regeln vergeben. Schönheit, Prestige und Geld waren ausschlaggebend, um auf dieser Bühne mitzumischen. Keine einfachen Voraussetzungen für einen Mann mittleren Alters wie Menzogna, der zwar unterhaltsam war, aber nicht über die nötigen finanziellen Mittel verfügte. In der lockeren Stimmung am Meer war es einfacher, Zutritt zu erlangen.

So schlief er im Auto, verrichtete in einer der Badeanlagen am Strand seine Notdurft und machte sich frisch, um wieder auf die Jagd zu gehen. Die Kamera war dabei seine Waffe. Möglicherweise hatte er einen Hinweis bekommen, dass Görlitz immer wieder das nahe gelegene Hotel Bellavista besuchte, und ihm aufgelauert. Bald würde Ambra wissen, in welcher kompromittierenden Situation Menzogna den Künstler erwischt hatte. Bis dahin blieb ihr genug Zeit, um endlich die Piniennadeln von der Veranda zu kehren, die Nonna anzurufen, eine Ladung Wäsche in die Maschine zu verfrachten und einen gewissen Claudio Pilotto aufzuspüren.

Die Masche funktionierte immer.

»Ambra Santoro, Jesolo24, ich mache eine Reportage über die besten Cocktails der Stadt. Man hat mir Ihren Barkeeper Claudio Pilotto mehrfach empfohlen. Wäre er zu sprechen?«

Die Dame an der Rezeption des Marittima wirkte etwas überrascht. »Signor Pilotto ist erst seit einigen Wochen bei uns. Es freut mich, dass er sich bereits einen

Namen machen konnte. Einen Augenblick bitte, ich verbinde Sie.«

Am anderen Ende der Leitung meldete sich eine Männerstimme mit leicht deutschem Akzent. »Pronto, Claudio, wie kann ich helfen?«

»Signor Pilotto, ich würde gerne eine Reportage über Sie und Ihre wunderbaren Cocktails schreiben. Wäre es möglich, dass ich Sie in einer halben Stunde in der Bar besuche?«

Zehn Minuten später stand Ambra bereits in der Lobby des Hotels. Es war wie das Bellavista eine der schicksten Adressen in der Pineta. Ambra passte in ihrem pastellfarbenen Missoni-Kaftan gut in das Ensemble aus Creme- und Beigetönen, eleganten Lounge-Möbeln und maritimem Muscheldekor. Um zur Bar zu gelangen, musste sie über die Terrasse an den alten Pinienbäumen vorbei zum Pool gehen. Dort wartete ein schlanker junger Mann in einem weißen Smoking auf sie.

»Signorina Santoro? Wenn Sie es erlauben, serviere ich Ihnen meine Spezialität. Dazu nehme ich Prosecco, Melissensirup, Soda und einige Minzblätter. Der Hugo kommt aus meinem Heimattal Vinschgau in Südtirol. Sie werden ihn bereits kennen, aber es kommt immer auf die Mischung an.«

Claudio Pilotto stammte also aus der nördlichen Provinz inmitten der Alpen, die bis nach dem Ende des Ersten Weltkriegs zu Österreich gehört hatte. Dies erklärte den leichten Akzent in seinem Italienisch, da seine Muttersprache trotz des italienischen Namens wahrscheinlich Deutsch war.

»Zu einem Hugo kann ich nicht Nein sagen.«

»Ich bin mir sicher, jeder Mann würde sich für Sie zum Hugo machen.«

Pilottos bubenhaftes Lächeln nahm dem Witz seine Unverschämtheit. Tatsächlich, es kommt immer auf die Mischung an, dachte sich Ambra. Hätte Sciarpa dieses Wortspiel gemacht, wäre ihr wohl das Lachen im Hals stecken geblieben. Bei Pilotto fühlte sie sich geschmeichelt.

»Ich liebe die Berge und die klare Luft in Südtirol. Als Kind war ich dort öfters mit meiner Familie wandern«, erzählte Ambra. Sie konnte sich gut an die unbeschwerten Tage mit ihrer Mutter und der Nonna in den Dolomiten erinnern. »Der Duft der Steinpilze, die ausgezeichneten Spinatknödel und der Apfelstrudel sind mir in bester Erinnerung geblieben. Warum haben Sie dieses Paradies verlassen?«

Pilotto schmunzelte. »Das Paradies hat den Nachteil, schnell langweilig zu werden, wenn man in ihm lebt. Mich hat es nach dem Gymnasium, es war übrigens eine Klosterschule in einem kleinen Bergdorf, in die große weite Welt gezogen. Meine erste Station war Florenz. Dort habe ich in einer Bar gearbeitet und bin beinahe täglich in die Uffizien gepilgert und habe mir die großen Meisterwerke angesehen. Mein erster Cocktail hieß Leonardo, ein Universal-Getränk mit etwas aus allen Welten: Gin, Minze, Soda, ein Hauch bittere Orange und eine geheime Zutat, die ich noch niemandem verraten habe.«

»Wo war Ihre zweite Station?«

»Ich hatte festgestellt, dass ich meine Kreativität nicht nur in Gläser füllen möchte. Durch meine Arbeit lernte ich viele unterschiedliche Menschen kennen. Einige waren Künstler. Einer davon war ein Maler aus Wien, der mich eingeladen hat, ihn zu besuchen. Aus dem geplanten Wochenende wurden zehn Jahre. Nun bin ich nach Italien und zu meinen Wurzeln zurückgekehrt und lebe meine Kreativität wieder in kleinen Dosen im Glas aus. Wie schmeckt Ihnen der Hugo? Möchten Sie ihn einmal mit etwas Zitroneneis probieren?«

Bei den Worten »Künstler« und »Wien« schrillten bei Ambra die Alarmglocken. Konnte es so viele Zufälle geben?

»Haben Sie etwa Gustav Görlitz gekannt, den Künstler, den man vor wenigen Tagen tot im ›Gommissima‹ aufgefunden hat?«

Leider konnte sie Pilottos Gesichtsausdruck nicht sehen, da er sich gerade zum Kühlschrank umgedreht hatte. Als er sich ihr wieder zuwandte, ließ sein Gesicht keinen Rückschluss auf Emotionen zu.

»Gustav Görlitz ist mir tatsächlich auf der Akademie für Angewandte Kunst begegnet und manchmal im Santo Spirito, einem Lokal in der Wiener Innenstadt, in dem ich gearbeitet habe, um mich durchzuschlagen. Von Luft und Liebe allein lebt man ja leider nicht auf Dauer.«

»Das klingt so, als hätten Sie eine andere Leidenschaft als das Mischen von Cocktails gefunden?«

»Das kann man so sagen. In Wien habe ich mich zum ersten Mal Hals über Kopf verliebt. Es war so, als würde ich ein völlig neues Universum betreten. Sie kennen das doch bestimmt, oder? Man ist gerade erwachsen geworden – oder ist vielleicht noch dabei – und auf alles neugierig. Meine damalige Lebensgefährtin arbeitete an der Angewandten als Assistentin. Sie nahm mich zu den Vernissagen mit, den Happenings und Aktionen. Irgendwann habe ich selbst angefangen, kleine Collagen aus Zeitungsausschnitten und Fotografien zu basteln und sie in der Stadt zu verteilen. Der öffentliche Raum als Galerie, die Kunst, die sich selbst verschenkt, das waren Ideen, die damals diskutiert wurden. Ich hatte das Glück, dass meine Freundin über gute Kontakte zur Presse verfügte und eine nette, ältere Dame eine kurze Notiz in ihren Society-Berichten eines Nachrichtenmagazins schrieb. Es gab daraufhin eine Ausstellung in einer kleinen Galerie. Wie Sie aber sehen, war mein Ruhm vorerst nicht nachhaltig. Deshalb mixe ich wieder Getränke und meine Kunst mache ich derzeit vorwiegend für mich selbst. Im Winter habe ich im Club eines Gastronomen und Galeristen gearbeitet. Das war nicht unbedingt der gesündeste Job. Jetzt bin ich hier in Jesolo, um mich am Meer ein wenig zu erholen. Langsam habe ich auch wieder zu arbeiten begonnen. Auf meinem Laptop schlummert eine ganze Galerie an Collagen, die ich auf Knopfdruck ausbreiten könnte.«

Ein Barkeeper, der eigentlich Kunst machte, ein gefeierter Künstler, dessen Kreativität nur geborgt war, und ein obdachloser Society-Liebling mit kriminell erpresserischer Energie waren eine Kombination, die in Ambras Kopf langsam mehr prickelte als der Hugo auf ihrer

Zunge. Auf die Mischung kommt es an, dachte sie wieder. Aber in den Ermittlungen gibt es eine wesentliche Zutat, auf die ich einfach nicht komme. Alles kreist um die Kunst, um Geld und Illusionen.

»Mit Ihren Fähigkeiten würden Sie im Nachtleben von Jesolo und Venedig gut verdienen können, besonders während der Kunstbiennale. Warum ausgerechnet ein ruhiges Hotel wie das Marittima?«

»Ich benötige eine Auszeit. Die Bar hier schließt um Mitternacht, die jungen Familienväter und ihre hübschen Frauen machen niemals Ärger, sie streiten maximal ganz diskret auf dem Zimmer. Diese Bilderbuchwelt tut mir gut. Aber klar, ich bekomme hin und wieder Angebote. Mein Chef aus Wien hat unlängst eine Riesenparty im Cipriani geschmissen. Er wollte, dass ich die Bar mache und für gute Laune sorge. Um es mir mit ihm nicht ganz zu verderben, habe ich zugesagt. Aber das hat mir wieder für die nächsten Monate gereicht.«

»Haben Sie dort Gustav Görlitz getroffen?«

»Ja, er war auch dort, mit seiner Frau, die auch zu meiner Zeit auf der Angewandten studiert hat. Anna Theissen war mit von der Partie an diesem Abend. Es herrschte eine seltsam ausgelassene Stimmung, alle tranken etwas viel und niemand wollte nach Hause gehen. Mich inbegriffen. Es war schon hell, als ich am Piazzale Roma mein Auto abgeholt habe. Zum Glück musste ich nicht selbst fahren. Arturo Menzogna, der arme Kerl, den man kurz darauf aus dem Canal Grande gefischt hat, wollte mich unbedingt begleiten, und da er sehr nüchtern wirkte, habe ich ihm das Steuer überlassen.«

»Sie sind Arturo Menzogna begegnet? Furchtbare Geschichte. Ich war an jenem Abend mit ihm im Palazzo Volpi. Sogar die Polizei hat mich verhört. Der Schreck sitzt mir noch in den Knochen.«

Ambra riskierte einen dramatischen Augenaufschlag, wobei sie nicht sicher war, ob sie bei Pilotto die richtige Strategie fuhr. Sie tat es.

»Das tut mir wirklich leid«, sagte Pilotto mit einfühlsamer Stimme. »Die Nachricht von seinem Tod, so kurz nach dem Mord im ›Gommissima‹, hat mich auch schockiert. Im Marittima gab es kein anderes Gesprächsthema. Allerdings gibt es genügend Menschen, die weniger gut auf Menzogna zu sprechen waren.«

»Wer denn zum Beispiel?«

»Sagen wir einmal, an einer Bar erfährt man viele Geheimnisse.«

»Können Sie mir ein paar davon verraten?«

»Das kommt darauf an, wie viel Wahrheit Sie hören möchten.«

»Journalistinnen können mit der Realität gut umgehen. Nur bei der Interpretation werden sie manchmal zu Künstlerinnen.«

Beide lachten. Noch einmal der bewährte Augenaufschlag.

»Die erste Regel aus dem Handbuch des guten Barkeepers lautet, dass man sich ein gewisses Geheimnis bewahren sollte. Hier ist meine wirklich private Handynummer. Wenn du neugierig geworden bist, kannst du dich gerne später melden.«

12.

Zu Hause angekommen drehte sie nachdenklich die Visitenkarte mit Pilottos Kontaktdaten in der Hand. Er war ein hübscher junger Mann. Wer weiß, vielleicht wäre sie mit ihm auf ein Date gegangen, wenn sie ihm etwas früher begegnet wäre. Bis vor Kurzem verlief ihr neues Leben in Jesolo in einer vorhersehbaren Routine. Aufwachen, Sport – abwechselnd Joggen, Schwimmen oder Yoga und an Wochenenden mitunter alles hintereinander an einem Tag –, danach ein Frühstück mit Cappuccino, Brioche und eiskalter Wassermelone. Dabei leistete ihr ihre Nonna per Videotelefon Gesellschaft. Danach, kurz vor neun Uhr, folgte die Vorbereitung auf die Redaktionskonferenz. Mangianino hielt pünktlich um 9.30 Uhr Rapport. Wer es wagte, ohne drei Vorschläge für eine Geschichte anzutanzen, wurde entweder zur Schnecke gemacht oder musste die unliebsamen Aufträge übernehmen. Ambra war von einem Bekannten ihrer Nonna empfohlen worden, der eng mit dem Senderchef befreundet war. Das verschaffte ihr mehr Freiheiten, als Mangianino sonst seinen Mitarbeitern zugestand. Für ihre Akzeptanz im Team war dies anfangs nicht hilfreich gewesen, doch irgendwie hatte sie es geschafft, ihre Kollegen davon zu überzeugen, dass sie nicht nur eine abgehobene Ex-Miss war, die etwas mit Medien machen wollte, um damit mehr Follower zu gewinnen. In Hinblick darauf war sie tatsächlich eine Enttäuschung. Mangianino hatte sie zwingen müssen, in den sozialen Medien mehr Präsenz zu zeigen. »Ob man es mag oder nicht, das gehört heute zu unserem Beruf dazu«, war seine Meinung und wahrscheinlich hatte er recht. Zumindest, wenn man bei Jesolo24 angestellt war.

Sie arbeitete mindestens sechs Tage die Woche, und häufig übernahm sie einen zusätzlichen Dienst für Kollegen, die im Gegensatz zu ihr ein Privatleben hatten. Wenn sie sich doch mit der Nonna oder Freunden aus ihrer Schulzeit traf oder auch nur allein zu Hause blieb, hatte sie ihr Handy ständig griffbereit und durchforstete regelmäßig die Nachrichten und Agenturen nach neuen Meldungen. Ich bin einfach ein News-Junkie, sagte sie, falls jemand wissen wollte, warum sie nicht einfach einmal abschalten konnte. Das klang besser, als zuzugeben, dass sie eine Suchende war, die noch nicht einmal wusste, was sie zu finden hoffte.

Die Gleichtönigkeit der Tage, die exakten Abläufe gaben ihr Sicherheit. Mönchisch, so hatte die Nonna einmal Ambras Leben halb im Scherz genannt. Zu ernst sei sie bereits als Heranwachsende gewesen. Während Gleichaltrige Party machten, lernte sie. Sie brauchte ihre Ruhe. Vielleicht hing das mit der Abwesenheit des Vaters und dem frühen Tod der Mutter zusammen. Die guten Schulnoten waren eine Beruhigungspille gegen das Gefühl, den Normen nicht zu entsprechen. Die Professoren waren mit ihr zufrieden, die Nonna umsorgte sie mit all ihrer Liebe, und es hätte einfach so weitergehen können bis zu einem Universitätsabschluss in Mindeststudienzeit und einer Laufbahn als Professorin, Beamtin, Anwältin oder Forscherin. Doch es kam anders.

Das erste Mal fiel es ihr kurz nach ihrem 16. Geburtstag auf. Plötzlich drehten sich Menschen am Strand nach ihr um. Sie schauten verwundert, aufmerksam, und manchmal lag in ihren Blicken etwas, was sie zu diesem Zeitpunkt noch nicht verstand. Wenn sie zum Eiswagen lief, der den ganzen Tag am Strandufer entlangtingelte, bekam sie ihre Granita ungefragt und oft musste sie nicht einmal dafür bezahlen. Fotografen machten Bilder von ihr, die abends schon aus den Schaufenstern der Strandpromenade verschwunden waren, bevor sie selbst eines kaufen konnte. Ihre Nonna sah alles. Auch dass Ambra nicht begriff, was hier passierte.

»Mach dir keine Gedanken, Liebes«, meinte sie. »Du hast ein Geschenk, das dein Leben verändern wird. Schönheit ist nicht wichtig, um geliebt zu werden. Sie wird es aber für dich schwieriger machen, echte Gefühle zu erkennen.«

Zunächst veränderte sich nicht viel für Ambra. Die Aufmerksamkeit, die man ihr entgegenbrachte, störte sie nicht, im Gegenteil. Aber sie maß ihr auch keine große Bedeutung zu. Als das Schuljahr begann und sie sich wieder den ganzen Tag hinter ihre Bücher klemmte, war alles so wie immer. Die beliebten Mädchen trugen knappe Shirts und enge Leggings und schminkten sich verführerische Katzenaugen und Lipgloss-Münder. Ambra war in ihren Jeans und Blusen, mit zurückgebundenem Haar und ohne einen Hauch von Make-up unauffällig. Doch einer hatte nur Augen für sie. Michele, der hübscheste Junge von allen, wollte am Nachmittag lieber mit ihr für die Schularbeit lernen, als mit den anderen in der »Paninoteca« abhängen. Sogar an den Wochenenden trafen sie sich im Bungalow in Jesolo Pineta. Unter den Pinienbäumen im Garten kamen sich ihre Köpfe, die über die Hefte gebeugt waren, immer näher, bis sie sich schließlich küssten. »Mit dir machen auch die langweiligsten Mathematikaufgaben Spaß«, hatte Michele geflüstert. Von da an waren sie ein Paar.

Michele meldete Ambra schließlich einige Wochen vor den Abschlussprüfungen zum Wettbewerb für die »Miss Jesolo« an. Für Ambra war die Vorstellung, in einem Badeanzug vor einer Menge aufzutreten, um sich dann von einer Jury nach Punkten bewerten zu lassen, absurd. »Für mich bist du sowieso die Schönste! Sieh es als Experiment, um herauszufinden, ob die anderen überhaupt Augen im Kopf haben«, hatte ihr Michele daraufhin gesagt und sie hatte zugestimmt. Ein Auto, ein Modelvertrag und ein Geldscheck wären ein guter Start für ihr gemeinsames neues Leben als junge Erwachsene nach der Schule gewesen.

Sie gewann. Ein Visagist aus Mailand hatte sie zuvor wie alle anderen Mädchen geschminkt. »Was für eine natürliche Schönheit, an deine Haut muss nichts als Wasser und Seife!«, hatte er gesagt, bevor er sie dann doch mit geschickten Pinselstrichen, Wimperntusche und leuchtenden Farben zum Strahlen brachte, wie sie sich selbst noch nie gesehen hatte. Das Spiegelbild gab ihr Selbstbewusstsein. Mit sicheren Schritten und einem klaren Lächeln schritt sie über den Laufsteg, und ganz Jesolo, zumindest jenes, das sich an Samstagabenden Misswahlen in einer Strandbar ansah, lag ihr zu Füßen. Mit Krönchen und Schleife lachte sie am Tag nach dem Wettbewerb von der Titelseite der lokalen Tageszeitung »Corriere di Jesolo«, die einige Jahre später unter dem Namen Jesolo24 ins Internet abwanderte.

Die Tür ihres Klassenzimmers war mit der Titelseite und ihrem Foto gepflastert. Die Lehrer begrüßten sie mit einem Lächeln, bei manchen wurde es von einer hochgezogenen Augenbraue begleitet. »Santoro, mit einem Auftritt im Badeanzug werden Sie bei meiner Prüfung keine Punkte gewinnen können«, meinte ein Professor süffisant. Ambra entgingen diese Veränderungen nicht. Es widerstrebte ihr, dass sie ganz anders wahrgenommen wurde als früher, nur weil sie in einem Schönheitswettbewerb eine Jury aus ehemaligen Models, Fotografen und lokalen Unternehmern überzeugen konnte. Sie war dieselbe geblieben. Ein Mädchen, das gerne lernte und bei seiner Nonna lebte, keine Eltern mehr hatte und gerade die große, wahre Liebe gefunden hatte. Doch genau das stimmte nicht.

Michele war am Abend des Wettbewerbs immer an ihrer Seite gewesen. Er hatte ihr als Erster gratuliert und Interviews als glücklicher Freund der schönen neuen Miss gegeben. »Belli e giovani«, schrieb der »Corriere di Jesolo« als Bildtext zu einer Aufnahme von ihnen.

Die Veränderung kam einige Monate später. Nach der Matura, die sie beide mit der höchsten Punktzahl bestanden hatten, suchten sie in Mailand eine erste gemeinsame Wohnung. Sie war klein, aber zentral gelegen, und mit der Unterstützung ihrer Familie konnten sie den Vermieter überzeugen. Alles war abgemacht. Gemeinsam auf der Universität Wirtschaft studieren, gemeinsam leben und irgendwann gemeinsam arbeiten, das war der Plan. Die Nonna schaute dem Abschied gefasst entgegen. Micheles Eltern hatte Ambra nur zwei oder drei Mal flüchtig gesehen. Der Vater war ein angesehener Anwalt, die Mutter eine mit zahlreichen Aktivitäten beschäftigte Hausfrau aus einer alten venezianischen Familie.

Einen Tag bevor sie nach Mailand abreisen und ihr neues Leben beginnen wollten, fand Ambra einen Brief von Michele in ihrem Briefkasten. Es war der erste, den er ihr je geschrieben hatte, und, wie er darin erklärte, sollte es auch der letzte sein.

Den Grund für das Aus erfuhr sie nie. Heute würde man Micheles Verhalten »Ghosting« nennen. Er verschwand einfach, löste sich für sie in Luft auf, war nicht mehr greifbar. Zuerst hatte sie gehofft, sie würde ihn auf der Universität in Mailand wiedersehen. Doch wie sie von Klassenkameraden erfuhr, hatte er das Land verlassen.

Micheles Verschwinden stürzte Ambra in eine Krise. Ihre Nonna half ihr mit der Miete des Apartments. Das Semester begann und die Agentur vermittelte ihr Castingtermine für wichtige Werbekampagnen. Nach einem

Jahr studierte sie zusätzlich Kunstgeschichte, und wenn sie noch ein wenig Freizeit hatte, ging sie stundenlang mit Musik im Ohr joggen. Doch alles fühlte sich leer an. Wenn sie in die Kameras lächelte, dachte sie daran, dass Michele sie vielleicht auf einer Plakatwand sehen konnte. Sie küsste andere Männer und hoffte, ihn zu vergessen. Nichts half.

13.

Die Uhr auf dem Laptop zeigte genau 22.02, als endlich eine Mail mit einem Downloadlink in Ambras Mailbox landete. Sie hatte eine halbe Stunde auf den Bildschirm gestarrt, abwechselnd Informationen über Claudio Pilotto gegoogelt und Bildergalerien von Anna Theissen, Gustav Görlitz und seiner Entourage durchforstet. Sie hatte nichts Spektakuläres entdeckt. Genau so wie die Videos von Gaetanos Überwachungskameras seit Tagen auf der Homepage von Jesolo24 abzurufen waren und bisher nur vermeintlich spaßige Mails an die Redaktion zur Folge hatten. So wollten manche die Geliebte des Mannes der Nachbarin an dessen Arm erkannt haben. Die Hinweise wurden an die Polizei weitergeleitet, hatten jedoch keinerlei Ergebnis gebracht. Wahrscheinlich konsumierten weder die Touristen noch die Hotelangestellten, also die einzigen Personen, die sich in der Tageshitze vor dem »Gommissima« herumgetrieben hatten, italienische Medien. Ein Rundruf in den Hotels war ebenso erfolglos.

Viallis Mail machte Hoffnung, dass endlich Bewegung in die Angelegenheit kam. »Ruf mich bitte an«, lautete der Betreff. Neugierig lud sie die Dateien herunter. Sie waren nicht beschriftet und befanden sich in mehreren Ordnern, die nach keinem offensichtlichen Prinzip strukturiert waren. Sie öffnete die erste Datei. Zu sehen waren mehrere Menschen auf einer Tanzfläche. Sie hatte den Eindruck, dass es sich um das Twiga in Monte Carlo handelte. Der Nachtclub gehörte dem schillernden italienischen Unternehmer Flavio Briatore, einem Marketing-Genie. Ambra war einmal nach einer Modenschau von Philipp Plein in Cannes im Twiga gewesen. Der Designer war mit Briatore befreundet und lieferte ihm mit Models und Stars gerne Glamour ins Haus. Es war ein lustiger Abend gewesen. Hunde, die bellen, beißen nicht, hatte die Nonna gerne gesagt. Auf einem Selfie sprang ihr Borsalino entgegen, inmitten einer Schar von Kellnern, die Tiermasken trugen und eine Magnumflasche Champagner servierten. Das gehörte zu den besonderen Gags im Twiga. Auf dem nächsten Foto sah sie ein Paar, eine Person mit einer Zebra-, die andere mit einer Eselsmaske. Es war offensichtlich in einer der Toiletten des Clubs aufgenommen worden und die Szene war nicht jugendfrei. Armer Esel, dachte Ambra, da bist du doch in Borsalinos Falle getappt. Ob es auch Sequenzen gab, auf denen man die Protagonisten ohne Masken sah? Womöglich hatte Borsalino sie verkauft. Sie klickte auf den nächsten Ordner. Sie erkannte sofort den Palazzo und die ausschweifende Geburtstagsparty eines amerikanischen Tech-Milliardärs, die vor wenigen Wochen der Gesprächsstoff in der Szene gewesen war. Die unter dem Motto »Notte Veneziana« maskierten und spärlich bekleideten Models defilierten in Dessous durch die zum Teil ebenfalls maskierten Gäste. Ambra war in Begleitung von Marga zur Party gekommen. Nach zwei Stunden hatte sie die inszenierte Ausgelassenheit gelangweilt und sie wechselten für einen Absacker in eine simple Bar in der Nähe des Fischmarktes. Mr. Borsalino war ihr bei der Party nicht aufgefallen. Wahrscheinlich hatte es gereicht, sein Markenzeichen, den Borsalino-Hut, einmal nicht aufzusetzen, um völlig inkognito seine Beute zu suchen. Auf dem nächsten Foto waren zwei Männer küssend zu sehen, die Masken waren verrutscht und Ambra glaubte, einen prominenten Fußballer zu erkennen.

»Menzogna, Menzogna, mit dir hatten bestimmt viele Menschen eine Rechnung offen«, murmelte Ambra und nahm den Anruf entgegen, der sich soeben mit dem Konterfei des Commissarios angekündigt hatte.

»Warum rufst du mich nicht zurück?«

»Ich habe deine Mail gerade erst bekommen.«

»Stimmt nicht. Du hast sie vor genau sieben Minuten empfangen und sofort geöffnet.«

»Herr Commissario ermittelt immer! Du hast recht, aber ich habe etwas Zeit gebraucht, um mir einen Überblick zu verschaffen. Viele der Abgebildeten sind maskiert, manchmal ist das Licht sehr schlecht und möglicherweise handelt es sich bei den meisten um gelangweilte, wenig bekannte, aber reiche Menschen, die in einer anderen Sphäre auf dieser Welt kreisen. Du weißt schon, Silicon-Valley-Nerds oder Erben, die nicht auf das Blitzlicht scharf sind, aber gerne hin und wieder diskret über die Stränge schlagen.«

»Vielleicht sehen wir mehr, wenn wir das Material gemeinsam durchgehen.«

Warum nicht, dachte Ambra. Pilotto arbeitete ohnehin bis Mitternacht. Sie könnte schnell zum Kommissariat ins Zentrum fahren und sich vom Sushi-Laden, der sich praktischerweise daneben befand, Sashimi und Avocado-Maki mitnehmen.

»Ich bin in einer Viertelstunde bei dir«, antwortete sie.

»Nicht nötig, ich stehe eigentlich schon vor deiner Tür.«

Du bist dir aber ganz schön sicher, dachte sich Ambra. Was, wenn ich Pilotto zu einem Hugo auf meine Terrasse eingeladen hätte?

»Eine Flasche Prosecco, eine Pizza capricciosa und ein Tiramisu vom Trentiner«, sagte Vialli und meinte damit das Restaurant von Oreste, der aus Trento stammte.

»Damit bist du bei mir immer willkommen. Komm, setz dich auf die Terrasse, ich hol den Laptop und du kannst damit beginnen, Menzognas Bilderwelt genauer durchzugehen.«

Sie nahm ihm die Taschen ab und brachte alles in die Küche. Derselbe Mann an zwei Tagen hintereinander auf Besuch, das hatte es in ihrem Bungalow länger nicht gegeben. Vialli fühlte sich offensichtlich bereits wie zu Hause und machte es sich auf der breiten Rattancouch auf der Veranda bequem. Schnell tippte sie ihr Passwort in den Laptop ein. Auf dem Display erschien das Bild, das sie zuletzt geöffnet hatte. Ein Paar, das sich in einem Zimmer vor einem Doppelbett innig umarmte. Die Gesichter waren vom Betrachter abgewandt. Mit etwas Fantasie könnte der Mann Gustav Görlitz sein: athletisch-drahtiger Körper, gebräunt, die erste Jugend hinter sich, kurzes schwarzes Haar mit grauen Strähnen. Von seiner Partnerin sah man eine feuerrote Mähne, die an die berühmte Sängerin Milva erinnerte, sowie ihre entblößte Kehrseite. Menzogna musste es aus größerer Entfernung und durch ein Fenster geschossen haben. Der Fokus der Kamera war auf ein Detail weit unter der Gürtellinie der Frau gestellt worden: Der Ausschnitt zeigte eine Tätowierung, die einen Strichcode darstellte, wie man ihn von Preisschildern kannte. Wo hatte Ambra eine solche Tätowierung zuletzt gesehen?

»Leider gibt es dieses Motiv öfter, als man glaubt«, zeigte sich Vialli nicht sehr beeindruckt. Ambra fragte sich, wie viele Kehrseiten er bereits inspiziert hatte, um dies zu wissen. Der Commissario verzog keine Miene. »Wir müssen einfach Bild für Bild weitersuchen. Ich bin mir sicher, dass sich der Schlüssel, um den Mord an Menzogna zu lösen, irgendwo hier unter unserer Nase befindet.« Im Gegensatz zu dieser ehrgeizigen Ansage schnappte er sich ein Stück der dick mit Mozzarella, Tomaten, Artischocken, Schinken und Pilzen belegten Pizza und hob eines der mit Prosecco gefüllten Gläser in die Höhe. »Fast wie ein Pärchenabend, findest du nicht, Ambretta?«

»Als wären wir Lois und Clark und du in Wahrheit Superman!«

»Die Idee gefällt mir. Erklär mir aber bitte, warum wir dann noch immer wie zwei Dilettanten im Dunkeln tappen. Gestern habe ich davon geträumt, dass Sciarpa vor uns den Fall löst und dafür bei den Filmfestspielen mit einem Goldenen Löwen ausgezeichnet wird.«

»Menzogna hat etwas fotografiert, was er nicht hätte sehen sollen. Dieses Foto kann hier abgespeichert sein oder er hat es bereits der betreffenden Person gegeben und anschließend vernichtet. Ich bin mir ziemlich sicher, dass es einen direkten Zusammenhang zwischen dem Ableben von Arturo Menzogna und Gustav Görlitz gibt. Sie kannten sich, sie haben die gleichen Plätze besucht, hatten beide ihre Geheimnisse, trieben sich in Jesolo Pineta herum und wurden kurz hintereinander ermordet. Wir müssen nur das Verbindungsstück finden, das uns zum Motiv führt.«

»Vergessen wir nicht die Drogen. Ich wandle ja ungern auf Sciarpas Pfaden, aber in der Tat ist eine der wenigen Spuren, die wir haben, die SMS kurz vor Görlitz' Tod. Er hat sich mit jemandem beim ›Gommissima‹ verabredet, der ihm höchstwahrscheinlich fünf Gramm Kokain bringen sollte. Der Schneemann brachte den Tod, würde dein Freund Mangianino titeln.«

Ambras Puls beschleunigte sich beim Namen ihres Vorgesetzten. Bis morgen früh musste sie eine Geschichte liefern. Die Fotos, die sie von Vialli erhalten hatte, würden ihr dabei nicht helfen.

»Ich habe heute Claudio Pilotto getroffen. Er hat mir seine Nummer gegeben. Um Mitternacht endet sein Dienst im Marittima.«

Eine kleine Pause trat ein. Die Grillen zirpten. Der Jasmin, der zwischen den Oleandersträuchern blühte, verströmte seinen verführerischen Duft.

»Dann ruf ihn an«, sagte Vialli pflichtbewusst mit nicht zu unterdrückender Enttäuschung in der Stimme.

»Das wäre zu plump. Wir müssen ihn zumindest ein bisschen zappeln lassen, bevor wir ihn aus der Reserve locken. Ich hab da auch schon eine Idee«, sagte Ambra. Diese Nacht war einfach nicht dafür gemacht, noch einmal allein das Haus zu verlassen.

14.

Die digitale Anzeige ihres aus den 1960er-Jahren stammenden Weckers rückte auf Punkt neun Uhr. Sie hatte ihn in einem kleinen Kuriositätenladen in Mailand gefunden. Es waren die ersten Monate, die sie in der Stadt mit Castings, Cocktails, Fotoshootings und ein paar Vorlesungen an der Universität verbracht hatte. Zu diesem Zeitpunkt hatte sie bereits aufgegeben, Micheles Eltern und Freunde anzurufen, um die Gründe für sein Verschwinden zu verstehen. »Du musst einen Schlussstrich ziehen«, hatten ihre Freunde und die Nonna zu ihr gesagt. Seine Eltern gingen irgendwann nicht mehr ans Telefon.

Der Wecker sollte sie daran erinnern, dass sie endlich aufwachen musste. Es war der »Wake-up-Call«, den sie brauchte, aber wenn sie ehrlich war, hatte er sie zu lange nicht erreicht.

Er klingelte wieder. Es war Zeit, sich in die Videokonferenz der Redaktion einzuwählen.

Als Erster erschien der Chefredakteur, der das Meeting leitete, auf dem Bildschirm. Mit Schrecken stellte Ambra fest, dass sie allein waren. »Ich habe den anderen gesagt, wir beginnen eine Viertelstunde später«, begann Mangianino. »Wir müssen uns über deinen Arbeitsstil unterhalten. Es ist bestimmt zwei Wochen her, dass ich dich das letzte Mal in der Redaktion gesehen habe. Schön und gut, das hattest du dir ausverhandelt, aber dann müssen auch die Leistungen stimmen. Hast du Veneziaoggi gelesen?«

Ambra verneinte.

»Sie haben ein Kussfoto von Gustav Görlitz als Aufmacher gebracht. Darauf ist er mit einer Frau mit langen roten Haaren zu sehen, die allem Anschein nach keine seiner bekannten Gespielinnen ist. Es soll aus dem geheimen Fundus von Arturo Menzogna stammen. Wie kann das sein? Du wolltest mir doch irgendeinen Knüller von diesen Erpresserfotos exklusiv bieten, wenn ich deine Mails von gestern Nachmittag richtig in Erinnerung habe?«

»Kann man erkennen, dass es sich tatsächlich um Gustav Görlitz handelt? Das Fotomaterial, das ich kenne, zeigt keine Gesichter und es ist reine Spekulation, wer dort abgebildet ist.«

Mangianino verzog keine Miene. Beinahe eine Minute blickte er regungslos in die Kamera und Ambra vermutete bereits, das Bild sei eingefroren. Dann kam die Explosion.

»Wahrscheinlich bildest du dir mittlerweile ein, dass wir ein Kommissariat sind und unsere Beweise hieb- und stichfest für die Staatsanwaltschaft zusammentragen müssen. So, wie es der tolle Commissario Vincenzo Vialli macht. Der schöne Vialli mit seinen vielen Verehrerinnen, der sich nie die Hände schmutzig machen muss und auch keine Interviews gibt, weil er die Presse nicht nötig hat. Ich sage dir, was der Unterschied ist. Nicht nur, dass wir von der Interpretation, wenn nicht sogar der Illusion leben. Wir sind keine Beamten, bei denen es am Ende des Tages nur darauf ankommt, dass die Unterlagen von einer Ablage in die nächste korrekt verschoben werden. Wir müssen etwas verkaufen, um zu überleben. Dinge, die deinem feinen Commissario mit einem Milliardenvermögen im Hintergrund gänzlich fremd sind. Für ihn ist sein Beruf der Nervenkitzel der Realität, den ihm die Golfplätze und Beachclubs nicht bieten können.«

Während seines gesamten Monologes hatte Mangianino nicht eine Atempause eingelegt. Sein Kopf war knallrot angelaufen und er stützte sich mit einem Ellbogen auf dem Schreibtisch ab, während sein Gesicht sich immer weiter der Kamera näherte.

»Haben wir uns verstanden? Ich will bis morgen eine lupenreine Skandalgeschichte über diese perverse Kunstszene auf meinem Server haben, inklusive Fotos und Exklusivaussagen. Am besten beginnst du mit der nackten Rothaarigen, die unseren Kollegen von Veneziaoggi bereitwillig über ihr Verhältnis mit Görlitz Auskunft gegeben hat. Ist zwar jetzt eine alte Geschichte, aber vielleicht gibt sie noch etwas her.«

Die restliche Konferenz, bei der das gesamte Redaktionsteam anwesend war, verlief relativ ruhig. Marga hatte ein Interview mit Vasco Rossi, dem größten Rockstar Italiens, im Angebot. Damit war die Frage nach der Hauptgeschichte geklärt, vor allem da Mangianino seit 30 Jahren keine Tour des Sängers ausgelassen hatte. Außerdem hatte sich Marga, wie besprochen, in der Szene ein wenig über Arturo Menzogna umgehört. In Mailand hatte er verbrannte Erde hinterlassen. Vielen Freunden schuldete er Geld. Dass er zuletzt in seinem Auto hausen musste, erstaunte sie aber doch. Auf seinen perfekt inszenierten Fotos in der High Society hatte es so gewirkt, als würde er ein Leben führen, das aus Champagnersausen und verrückten Nächten mit wichtigen Menschen bestand. Das war, wie man im Nachhinein wusste, nur ein Teil der Wirklichkeit. »Ich denke, nicht wenige zittern davor, was aus Menzognas Giftschrank noch an die Öffentlichkeit gelangen könnte«, meinte Marga.

Mangianino blickte Ambra bei diesen Worten an. Sie räusperte sich. »Ich konnte einiges an Material einsehen. Leider wurden die brisanten Aufnahmen heimlich gemacht und sind daher meist unscharf oder die Gesichter sind kaum zu erkennen. Möglicherweise hat er die aussagekräftigeren Fotos an einem anderen Ort aufbewahrt oder sie, nachdem er die Opfer abkassiert hat, tatsächlich vernichtet. Ich werde dem nachgehen und im ersten Schritt Kontakt mit der rothaarigen Frau, die mit Görlitz abgelichtet wurde, aufnehmen.« Mangianino nickte zufrieden.

Die gesprächsbereite Rothaarige nannte sich Tamara La Douce und war in den sozialen Medien schnell zu finden. Auf eine persönliche Nachricht mit der Bitte um ein Interview antwortete sie: »Treffen schwierig, melde mich.« Ambra schickte ein Daumen-hoch-Emoji und nochmals ihre Kontaktdaten. Das war kein guter Start. Überhaupt liefen die Dinge nicht so, wie Ambra es sich vorstellte.

Eines ihrer Probleme hieß Vincenzo Vialli. Der Commissario hatte sich spät in der Nacht verabschiedet, ohne sie zu wecken. Sie war erst mit den morgendlichen Sonnenstrahlen auf der Haut auf ihrem Sofa aufgewacht. War sie nach Michele zu empfindlich, wenn Männer verschwanden, sobald sie kurz ihre Augen schloss? Sie trug noch die Kleidung vom Vorabend und konnte sich gut daran erinnern, wie sie sich irgendwann, nachdem sie ihren Plan geschmiedet, Fotos durchgesehen und noch einen Averna getrunken hatten, an Vincenzo angeschmiegt hatte. Daraufhin musste sie eingeschlafen sein. Was für eine Nacht und was für ein Erwachen, dachte sie mit Blick auf den knallroten Retro-Wecker. Vielleicht sollte sie wirklich aufwachen. Vialli hatte seine Geheimnisse. Wenn Mangianino die Wahrheit sagte, war seine Familie steinreich und er ein abenteuerlustiger Junggeselle. Die Fotos hatte er entgegen ihrer Abmachung einem anderen Medium zugespielt. Sie hatte wegen ihrer Gutgläubigkeit eine miserable Figur gemacht. Ließ sie sich gerade noch einmal auf ein undurchsichtiges Spiel ein, das für sie fatal enden könnte?

»Pack den Stier bei den Hörnern«, würde Marga sagen.

»Aber lass dir auf keinen Fall Hörner aufsetzen«, murmelte Ambra leise.

Sie schickte Vincenzo einen Kuss-Smiley. Sofort

kam ein »Wie besprochen?« zurück. Sie antwortete mit einem »Okay«.

Kein Wort von Menzognas Auslassungen. Keine Vorwürfe, weil Veneziaoggi die Fotos auch erhalten hatte. Das hatte noch Zeit.

Jetzt musste sie sich darauf konzentrieren, Schritt für Schritt ihren Plan umzusetzen. Das hieß, zunächst eine Tablette gegen die sich ankündigenden Kopfschmerzen einzunehmen. Danach einen Espresso und ein Glas Grapefruitsaft. Sie musste einen klaren Kopf bekommen, bevor sie sich auf ein Gespräch mit Tamara La Douce einließ. Die SMS für Claudio Pilotto hatten Vialli und sie am Abend gemeinsam formuliert und abgespeichert. Sie musste nur noch auf den Knopf drücken.

15.

Tamara La Douce schaute zufrieden in ihr Postfach. Zahlreiche Anfragen für Interviews waren darunter, aber auch Galerien hatten sich gemeldet. Jede Presse ist gute Presse, an dieser alten Marketing-Regel gab es einfach nichts zu rütteln. Eine rothaarige Femme fatale, die schamlos aus dem Nähkästchen plauderte – eine Geschichte, die zu gut klang, um wahr zu sein. Für sie stellte das kein moralisches Dilemma dar. Als Künstler, besonders als Künstlerin, verkaufte man sich mit seinen Arbeiten. Nur mit vollem Körpereinsatz hatten Aktionskünstlerinnen wie Valie Export oder Orlan im letzten Jahrhundert auf sich aufmerksam machen können. Die sexuelle Revolution und die Befreiung vom kleinbürgerlichen Geist hatten den Frauen in der Kunstwelt nicht die Anerkennung gebracht, die sie sich erhofft hatten. Noch viel schwieriger gestaltete sich der Marsch an die Spitze der Institutionen, in die Galerien und zu den Kunstmessen. Die Muse wollte nicht mehr Objekt sein, sondern selbst schöpfen. Das war purer Frevel.

Auch sie hatte einen schweren Weg hinter sich. Aufgewachsen in einfachen Verhältnissen, war Kunst als Beruf keine Option gewesen. Sie wollte trotzdem. Sobald sich eine Chance bot, ergriff sie sie. Gustav Görlitz war so ein Fall. Ein attraktiver Mann, der seine Wirkung kannte und sie dennoch immer wieder bestätigen musste. Das hatte sie sofort bemerkt. Es war nur eine Frage der Zeit gewesen, bis sich ihre Wege auch im Bett kreuzen würden. Dass dieser schräge Typ mit Hut ihnen aufgelauert hatte, war ihr nicht aufgefallen. Zumindest hatte er einen gewissen Sinn für Ästhetik bei seiner Schlüsselloch-Fotografie. Mit der richtigen Story rundherum hätte er sie sicher als Kunst verkaufen können. Doch ihm schien die schnelle bare Münze wichtiger gewesen zu sein als Ruhm und Ratenzahlungen von Galeristen.

Sie kannte Borsalinos Schatzkiste nicht, aber gut möglich, dass sie öfter bei ihren unkonventionellen Aktionen von seiner Kamera eingefangen worden war. Vielleicht nicht als Tamara La Douce, sondern mit einem ihrer anderen Fake-Egos. Kaum jemand kannte sie wirklich. Sie war ein Chamäleon, das sich perfekt an seine Umgebung anpassen konnte. Ihr wahres Ich blieb unberührt. Für Tamara La Douce war das Interview mit Veneziaoggi ganz einfach gewesen. Schlüpfrige Details konnte sie ohne Bedenken formulieren. Die Schamlosigkeit hatte etwas Befreiendes. Sie machte süchtig. Wie ein Junkie waren immer stärkere Mittel nötig, um die Wirkung zu spüren.

Ihr kleines Mädchen, das sie seit drei Monaten nicht mehr gesehen hatte, sollte nichts davon erfahren. Das war der eigentliche Grund für ihre vielen Identitäten. Bei ihren Besuchen zu Hause war das Auffallendste an ihrem Aussehen die große schwarze Sonnenbrille, die sie sofort abnahm, als ihr Marina strahlend entgegenrannte. Es war ein Glück, dass ihre Mutter viel Zeit hatte, um auf sie aufzupassen, wenig Fragen stellte und Marina jenes heimelige Umfeld bot, das sie selbst sich immer erträumt hatte. Ihre eigene Kindheit war von Entbehrungen geprägt gewesen. Das Geld war stets knapp und die Momente, die man im Familienkreis miteinander verbringen konnte, selten gewesen. Als ihr Vater starb, schwer gezeichnet von der mühevollen Arbeit auf der Baustelle und wohl auch vom Alkohol, war sie erst 14 Jahre alt gewesen. Sie hatte sich geschworen, dass sie es dort rausschaffen würde. Als Marina auf die Welt kam, wusste sie, dass sie noch kompromissloser daran arbeiten musste. Sie bekam ihre Chance. Mit dem Geld, das sie in der Schattenwelt des Kunstmarktes verdiente, konnte sie ihrer Mutter im Monat mehr Geld schicken, als diese zuvor im Jahr zur Verfügung gehabt hatte. Malkurse, Urlaube, ein Fahrrad: All das konnte sie ihrem Kind ermöglichen. Darauf war sie stolz. Doch nun wollte sie in die nächste Phase starten. Sie wollte so viel Geld besitzen, dass sie nicht mehr arbeiten musste und für ihr Kind da sein konnte. Dafür musste sie am großen Rad drehen. Nicht mehr die Handlangerin sein, sondern selbst zur Protagonistin werden. Lange genug hatte sie beobachtet, wie das Geschäft lief. Sie würde sich ihren Teil vom Kuchen holen und sich nicht länger mit ein paar süßen Krümeln zufriedengeben.

Auf ihrem Instagram-Account kam eine neue Nachricht. Ambra Santoro bat um einen Video-Chat.

Tamara La Douce schüttelte langsam den Kopf. Diese Journalistin hatte ebenfalls einen beachtlichen Hang zur Schamlosigkeit, zumindest wenn es um die nächste Skandalgeschichte ging. Doch Tamara hatte keine Lust mehr.

16.

Sein Handy blinkte. Claudio Pilotto drehte sich im Bett noch einmal um. Der Barkeeper-Job brachte seinen Biorhythmus durcheinander. Selten kam er vor zwei Uhr nachts nach Hause. Extradienste nicht eingerechnet. Er blickte auf das Display. Die SMS stammte von einer ihm unbekannten Nummer. »Claudio, wir müssen sprechen. Bitte komm zu mir, wenn du diese Nachricht liest. Viale Oriente 147. Das kleine hellblaue Haus mit den großen Oleandersträuchern. Alles Liebe, Ambra«. Das konnte viel bedeuten. Etwas sagte ihm, dass dies keine Einladung zu einem kuscheligen Date war. Die Journalistin war hübsch, intelligent und ehrgeizig. Solche Frauen waren ihm immer zum Verhängnis geworden. Er hatte eigentlich genug davon, sich für die Interessen anderer vor den Karren spannen zu lassen. Dennoch machte er sich nach einer kalten Dusche auf den Weg.

Mit dem Fahrrad dauerte es weniger als zehn Minuten von seiner Wohnung nahe der Schnellstraße bis zum Viale Oriente. Das war die Strecke, die er täglich zur Arbeit nahm. Ambras Haus war nicht schwer zu finden. Blaues Häuschen, Oleanderbüsche. Er klingelte.

»Leider war ich so ungeduldig, dass ich keine Brioche zum Frühstück mitgebracht habe.«

Ambra ließ ihn eintreten. »Keine Ursache, es ist ja bereits Mittag. Leider ist mein Kühlschrank leer, aber ich kann einen Espresso anbieten.«

Pilotto setzte sich auf denselben Stuhl wie vor wenigen Stunden Commissario Vialli.

»Lassen wir doch die Formalitäten. Ich bin gekommen, um herauszufinden, was hinter deiner zweideutigen Nachricht steckt.«

»Du kommst gleich zur Sache.«

»Ich möchte nur wissen, ob das hier ein Date oder ein Verhör wird.«

Es war an der Zeit, die Katze aus dem Sack zu lassen.

»Wir wissen, dass du Kontakt zu Gustav Görlitz hattest. Du hast für ihn die Drogen besorgt, die er brauchte, um seine Klientel bei Laune zu halten.«

Pilottos Gesicht zeigte keine Regung.

»Das ist aber nicht alles. Wir konnten die letzte SMS wiederherstellen, die von Görlitz' Handy verschickt wurde. Sie ging an dich. ›Wir sind fünf Gäste‹ – klingelt es bei dir? Auch Arturo Menzogna gehörte zu deinem Bekanntenkreis, und wahrscheinlich verband euch mehr als eine gescheiterte Künstlerkarriere. Wenn man eins und eins zusammenzählt, kommst eigentlich nur du als Mörder infrage.«

Die Lässigkeit war verflogen. Sein Blick wurde messerscharf.

»Ich habe weder Görlitz noch Borsalino auf dem Gewissen. Von seinen Erpresser-Geschichten wusste ich auch nichts. Es stimmt, ich habe die Nachricht von Gustav bekommen. Der Treffpunkt war immer zwischen 18 und 19 Uhr beim ›Gommissima‹, gleich hinter dem Zelt mit den Getränkeautomaten. Um diese Zeit verirrt sich niemand in den Pinienwald. Durch eine Lücke im Zaun gelangten wir in das Zelt und waren vollends vor Blicken geschützt. Gustav hat immer angerufen, wenn er dort war, dann habe ich in der Bar kurz Pause gemacht. Als er sich nicht meldete, wollte ich um 19.30 Uhr nachsehen, aber da hörte ich bereits, dass die Polizei die ganze Gegend absperrt, weil es einen Mord gab. Ich habe übrigens zahlreiche Zeugen, die bestätigen können, dass ich von 17 Uhr bis Mitternacht meinen Arbeitsplatz nicht verlassen habe.«

Das klang nach einem brauchbaren Alibi. Ambra ließ nicht locker. »Wer wusste noch von eurem Treffpunkt?«

»Ich habe ihn niemandem verraten.«

»Könnte euch doch jemand beobachtet haben? Monika Görlitz, Borsalino, Ivana, sie alle haben sich doch in unmittelbarer Nähe aufgehalten«, hakte sie noch einmal nach.

Pilotto ließ sich mit seiner Antwort Zeit. »Alles ist möglich. Seit ich heute Ivana in voller Aktion mit Görlitz in der Zeitung gesehen habe, überrascht mich in dieser Geschichte nur noch wenig. Ich hab sie an ihrer Tätowierung erkannt.«

Die besagte Tätowierung befand sich an einer Stelle, die auf den ersten Blick nicht für jedermann sichtbar war. Auch nicht, wenn die Tätowierte nur einen Bikini trug.

»Welches Verhältnis hattest du zu Ivana?«

»Eines, das nicht auf Exklusivität beruhte, wie sie mir fairerweise immer mitgeteilt hatte. Bitte. Da sich alles bereits ohne mein Zutun in eine äußerst unangenehme Richtung entwickelt, werde ich die Karten einfach auf den Tisch legen. Du musst mir aber versprechen, dass dein lieber Commissario mich in Ruhe lässt. Schau nicht so, ganz Jesolo tuschelt bereits über eure kleine Geschichte.«

Sehr fein, es wird also bereits geredet, dachte Ambra und fuhr betont sachlich fort.

»Klare Abmachungen, lange Freundschaft. Du gibst uns alle Informationen, die uns nützlich sein könnten, und wir fragen nicht länger nach, wie du dir dein Trinkgeld in der Freizeit aufbesserst.«

»Gut, mir wird nichts anderes übrig bleiben, als dir zu vertrauen. Ich will einfach raus aus dem Ganzen. Ivana kenne ich noch nicht so lange, aber wie du weißt, ist Johanna seit der Akademie mehr oder weniger mit mir befreundet. Bereits in Wien habe ich kleine Besorgungen für sie erledigt und mich allmählich mit dem ganzen Görlitz-Clan bekannt gemacht. Für mich war das eine lustige Zeit, eine unkomplizierte Art, um mir ein bisschen etwas dazuzuverdienen. Mit der Kunst ist das ja nicht so einfach. Dann kamen die Botendienste dazu. Damit ich diese während der Biennale unauffällig verrichten kann, kam die Idee mit dem Job als Barkeeper auf. Eine bessere Tarnung gibt es nicht. Niemand fragt, warum man nur ein paar Monate in der Stadt ist, alle kennt und immer wieder in der Szene auftaucht. Schließlich waren meine Botengänge längst etwas heikler geworden, als Görlitz mit ein paar Gramm Kokain zu versorgen.«

Die Geschichte wurde immer abenteuerlicher. Vielleicht war sie die Nächste, die leblos aufgefunden wurde, wenn sie zu viel erfuhr.

»Welche Botendienste meinst du?«

Ihr Handy lag auf dem kleinen Beistelltisch vor der Terrassentür. Geschickt bewegte sie sich dorthin und tat so, als würde sie einen Aschenbecher suchen. Pilotto hatte sich ungefragt eine Zigarette angezündet, nahm einen tiefen Zug, den er mindestens eine halbe Minute in seinem Brustkorb behielt, und blies eine winzige Rauchschwade aus seinem gespitzten Mund.

»Geld, sehr viel Geld und sehr selten Drogen, ausschließlich für Gustav. Ich bin kein Dealer«, sagte er.

»Wofür war das Geld bestimmt?«

»Überleg dir einmal, welche Summen mit Kunst umgeschlagen werden. Es ist ein riesiger Markt. Die Bewertungen sind rein subjektiv. Stell dir also vor, jemand zahlt zwei Millionen für ein Kunstwerk von Gustav an eine Galerie. Die Galerie behält die Hälfte, die andere Million wandert an Gustav und das Bild geht an den neuen Besitzer. Möglicherweise ist dieser aber gar nicht der Käufer, sondern jemand, der, sagen wir, einfach ein tolles Geburtstagsgeschenk verdient hat. Dieser möchte das Bild nach einiger Zeit doch lieber zu Geld machen. Die Galerie besorgt also einen neuen Käufer. Dieser bezahlt vier Millionen Euro. Was für ein tolles Geschäft für alle. Es kann natürlich sein, dass die Welt verrückt nach den Arbeiten von Gustav Görlitz geworden ist. Aber was wäre, wenn man ihn nur ausgesucht hätte, um Zugriff auf flexible Wertgegenstände zu bekommen, die eine Transaktion von hohen Summen plausibel machen? Damit könnten sich Geschäftspartner, die in schummrigen Gefilden unterwegs sind, über das Vehikel der Galerie bezahlen lassen. Die Galerie gehört Monika Görlitz. Johanna war die Buchhalterin und Ivana die eigentliche Künstlerin. Gustav hielt nach außen den Anschein aufrecht, dass die Preise für seine Kunst gerechtfertigt seien. Das Verrückte war, dass die Preise für seine Bilder tatsächlich in die Höhe schossen und er die krummen Deals wahrscheinlich gar nicht mehr nötig gehabt hätte.«

»Kann das alles so einfach funktionieren? Die Behörden werden doch misstrauisch, wenn dieselben Kunstwerke immer wieder hin und her geschoben werden.«

»Es hat zumindest ein paar Jahre gut funktioniert.«

Pilotto schüttelte sich.

»Mir war nicht wohl dabei. Wir alle haben als kleine Rädchen den Betrieb am Laufen gehalten und nicht schlecht verdient. Ein Bild kam zurück, ein anderes hat das Haus verlassen und irgendwann hat man sich nicht einmal mehr die Arbeit gemacht, die Bilder physisch zu bewegen. Die Buchhaltung hat das erledigt. Eine Herausforderung war, dass viele Kunden mit Bargeld zahlten. Den Kryptobörsen vertrauten sie seit den letzten Crashs und einigen Hackerangriffen nicht mehr. Ich denke, dass bald vor allem in Gold gehandelt wird.«

»Monika Görlitz war die Patin der Familie und hat die Kunden beschafft?«

»Man hat mich nicht in die Details eingeweiht. Ich hatte ausschließlich zu Görlitz, zu Ivana und zu Johanna Kontakt. Prinzipiell wollte man mich so gut wie möglich im Dunkeln lassen. Ich habe nur hier und da etwas aufgeschnappt und meine Mutmaßungen zusammengefasst und dir damit bereits viel zu viel gesagt. Sobald es geht, werde ich Jesolo verlassen, vielleicht noch heute. Das Pflaster wird mir zu heiß. Mit dem, was du jetzt weißt, wirst du schon eine Wahnsinnsgeschichte zusammenbekommen.«

Ambra schüttelte den Kopf. »Tut mir leid, Claudio. Commissario Vialli ist auf dem Weg zu uns und er wird dich noch brauchen.«

Pilotto verzog anerkennend das Gesicht. »Er passt gut auf sein Mädchen auf. Ich kann einen Deal anbieten. Du hast nicht gefragt, was aus der Bestellung von Gustav geworden ist. Die fünf Gramm Kokain waren nur ein Zusatzdienst. Es war klar, dass ich ihm bei unserem nächsten Treffen ein Päckchen übergeben werde, das ich einen Tag zuvor in seinem Auftrag in Kroatien abgeholt habe. Weil ich sehr neugierig bin, habe ich reingeschaut. Es sind 500.000 Euro in bar, eingeschweißt in Plastikfolie.«

17.

Das große Schiff legte ab und sie blickte ihm von der Reling aus nach. Der Hafen von Venedig wurde nicht mehr so oft von den wirklich eleganten Jachten angesteuert, selbst während der Biennale nicht. Man schipperte in anderen Gefilden. Manche waren nach Fernost verbannt, andere genossen lieber das glasklare Wasser der kroatischen oder montenegrinischen Küste, wenn sie schon die Adria besuchten. Früher, als sie die Welt der Reichen und Superreichen nur aus Society-Berichten kannte, hatte sie sich nicht erklären können, warum so viele von ihnen mehrere Millionen Euro für Autos, Jets und Boote ausgaben. Nun wusste sie, dass nichts so kostbar war wie die Freiheit, die bis zur Gesetzlosigkeit reichen konnte. Kapital war so wenig wie nie zuvor in der Geschichte an einen Ort gebunden, und die Klasse, die darüber verfügte, wollte ebenso unverbindlich leben. In Cannes hatte sie eine amerikanische Milliardärin kennengelernt, die sich staatenlos und ihre Jacht zum Hauptwohnsitz erklärt hatte. Die superreichen Nomaden konnten auf ihren Booten dem Gesetz entkommen, in Pandemien einen Platz im Paradies suchen und Gegenstände von immensem Wert bunkern. Piraten hatten ihre Schatzkisten mit Gold und

Diamanten gefüllt. Heute schmückten die Reichen ihre Wände und Tresore mit Kunst.

Wenige Stunden nach Gustavs Tod hatte sich der Kunde bei ihr gemeldet. Schließlich einigten sie sich darauf, die delikaten Details unter vier Augen zu besprechen. Die Überfahrt von Hvar, einer der schönsten Inseln Kroatiens, dauerte nur wenige Stunden. Länger wollten sie sich auch nicht in Venedig aufhalten.

Es ging in diesem konkreten Fall um fünf Millionen Euro. Das war die Summe, die der griechische Reeder, dem die Jacht gehörte, für eines der neueren Werke Gustavs angezahlt hatte. Dass es in Wahrheit von Ivana stammte, wäre ihm sicher einerlei, dachte Johanna Görlitz. Hauptsache, er bekam am Ende mehr zurück, als er dafür einbezahlt hatte. In diesem System ging es nicht um die Kunst und ihre Werte, sondern um die Kunst, Werte verschwinden und wiederauftauchen zu lassen. Wir lieferten lediglich die Jetons in Form von Bildern, die am Spieltisch hin und her geschoben werden konnten.

Der Reeder war beunruhigt. Ein Mord, das passte ganz und gar nicht in seine Idee von einem diskreten Geschäft.

Johanna riss sich zusammen, um zu verbergen, wie nahe sie vor einem Zusammenbruch stand. Sie hatte vor wenigen Tagen ihren Mann verloren, ein lästiger Commissario hatte sie verhört und Ivana schien nun auch noch ihr eigenes Spielchen zu spielen oder es wahrscheinlich bereits einige Zeit zu tun.

Wenn das Schiff in ein paar Stunden wieder in Hvar anlegte, musste sie einen Plan dafür haben, wie sie die noch offenen Geschäfte abwickeln würde. Der Pyramide war plötzlich die Spitze abgeschlagen worden, und trotz aller Berechnungen drohte sie, in sich zusammenzustürzen.

»Machen Sie sich keine Sorgen wegen des Geldes«, hatte der Reeder gesagt. »Falls ich nichts mehr von Ihnen und der ganzen Angelegenheit höre, bin ich bereit, diese Summe abzuschreiben. Falls es jedoch aufgrund unserer Beziehungen zu einem Kontakt mit den Behörden kommen sollte, werde ich mich mit allen Mitteln zu wehren wissen. Sie haben mich hoffentlich verstanden?«

Sie hatte. Mit Pilotto würde sie fertigwerden. Er hatte Anweisungen stets ohne Fragen ausgeführt, und so würde er auch morgen, wie vor wenigen Stunden telefonisch vereinbart, mit dem prall gefüllten Paket voll Bargeld am Treffpunkt auftauchen. Einen Teil des Inhalts würde sie ihm für seine Verschwiegenheit als Abfindung überlassen. Mit dem Rest konnten sie neu durchstarten.

Jetzt galt es, nicht die Nerven zu verlieren. Vor Jahren war sie im Kunsthistorischen Museum in Wien durch die Ägyptisch-Orientalische Sammlung geschlendert. Damals interessierte sie sich sehr für die Architektur der Pyramiden und die Leistungen der antiken Hochkultur. Durch Kopfhörer ließ sie die Beschreibung der Exponate auf sich einrieseln. Man hatte den Pharaonen Grabbeigaben an die Wand gemalt, damit Einbrecher sie nicht stehlen konnten. Kunst hatte sich also immer schon von Glauben und Illusion genährt. Jetzt, da sie in ihren Träumen von den Toten verfolgt wurde, hatte sie den Eindruck, dass sich auch in ihrer Wahrnehmung die Grenze zwischen Illusion und Realität auf allen Ebenen gefährlich verschoben hatte. Nicht immer war zu erkennen, wo der Schein echt war oder das Gold nur glänzte.

Sie hatte Gustav geliebt. Nicht so, wie sie es als seine angebliche Ehefrau sollte, sondern so, wie man einen Freund und Mentor liebte. Um ihn und die Marke Gustav Görlitz hatte in den vergangenen Jahren ihr ganzes Leben gekreist. Er war der Kitt, der das Kartenhaus zusammengehalten hatte. Nun musste sie sich neu orientieren, ein Lernprozess, dem sie sich nur zögerlich gestellt hatte.

Als Studentin und Gelegenheitsmodel war sie nie besonders ehrgeizig gewesen. Auf Wunsch der Eltern hatte sie eine solide Ausbildung zur Steuerberaterin absolviert, und danach wollte sie endlich die Leichtigkeit des Seins kennenlernen. Hübsch und kultiviert, wie sie war, dabei noch charmant und stets dem Anlass entsprechend gekleidet, wurde sie gerne zu Partys und Vernissagen eingeladen. Eines Tages, es war nach der Modenschau von Atıl Kutoğlu, lernte sie im Backstagebereich Monika kennen. Sie verstanden sich auf Anhieb. Lachten über die gleichen Dinge. Fühlten sich von der schrillen und lauten Kunstszene gleichermaßen angezogen und abgestoßen. Die Leichtigkeit des Seins hätte einfach so weiterplätschern können.

Doch Monika wollte mehr. Sie träumte seit Langem davon, aus der Öffentlichkeit zu verschwinden, und Johanna konnte ihr dabei helfen. Nach und nach zog sie sich zurück und Johanna nahm ihre Stelle ein. Beide wussten, dass sie ihn nicht allein in der Szene zurücklassen konnten. Alles hätte gut gehen können, wenn sie an diesem einen Abend in der Wiener Albertina nicht zu wenig auf ihn aufgepasst hätte. Gegen Anna Theissen hatte weder sie noch Monika eine Chance.

Seit einiger Zeit war klar, dass Gustavs Stern verblasste. Neben den neuen jungen Wilden wirkte er zu gesetzt. Gegenständliche Malerei schockierte niemanden. Man spürte, dass er nicht mehr den Clown für Sammler und Kuratoren machen wollte. Die Kinder, Monika und das Haus am Stadtrand machten ihn glücklich. Nur hatte niemand von ihnen genug Geld, um sich diese Idylle noch lange leisten zu können.

Anna Theissen war bereit, eine Werkserie von Gustav zu kaufen, aber er schaffte es nicht, einen Pinsel in die Hand zu nehmen. Stundenlang sperrte er sich in sein Atelier ein. Manchmal verbrachte er ganze Tage untätig vor einer blanken Leinwand. Es war zum Verzweifeln.

Dann erschien wie aus dem Nichts Ivana. Das Nichts war eine kleine Galerie in einem Außenbezirk, die Gustav zufällig bei einem seiner Streifzüge durch das urbane Gebiet entdeckte. Die Kraft der Arbeiten traf ihn wie ein Schlag. Beinahe demütig fieberte er dem ersten Treffen mit der unbekannten Künstlerin entgegen.

Sie war genau das, was sie jetzt brauchten. Monika war beeindruckt von ihrer künstlerischen Selbstsicherheit, Johanna noch mehr von ihrem Willen, zu Wohlstand zu kommen. Bedenken wurden zur Seite geschoben. Gustav sollte eine Verschnaufpause bekommen. Der Druck, ständig produzieren zu müssen, sein Innerstes nach außen zu stülpen und dafür bewertet zu werden, war zu groß geworden. Ivana hingegen konnte sich hinter der Identität Gustavs vor den Urteilen verstecken, die eine Frau, noch dazu eine junge, attraktive Migrantin ohne gültige Aufenthaltsgenehmigung, treffen konnten. Sicher war ihnen klar, dass sie irgendwann ihre Anerkennung haben wollte. Die Zeit würde kommen, in der sie unter eigenem Namen durchstarten konnte. Im Grunde hatten es die alten Meister und ihre Nachfahren nicht anders gemacht. Wie viel von Rubens tatsächlich in einem Gemälde steckte, war bis heute eine Frage, die zu regen Disputen unter Fachleuten führte, vor allem da die Antwort über einige Millionen an Marktwert entschied.

Das System funktionierte wunderbar. Monika betreute Gustav zu Hause und knüpfte diskret Kontakte zu Kuratoren, Galeristen und Sammlern. Auf offiziellen Terminen begleitete ihn Johanna. Sie verstand es, geschickt die Aufmerksamkeit der Kameras auf sich zu ziehen, vielmehr auf den berühmten Maler und seine schöne Ehefrau.

Ivana schuftete täglich im Atelier und gönnte sich nur zwischendurch ein paar freie Tage, um ihre kleine Tochter in Serbien zu besuchen. Nun konnte sie ihr endlich schöne Kleider und neues Spielzeug mitbringen und einen gemeinsamen Urlaub am Meer buchen. Als Zeichen ihrer Verbundenheit schenkte ihnen Ivana, die sich mit religiösen Symbolen beschäftigte, drei Medaillons mit einem Madonnenabbild, einer kleinen kunstvollen Ikone. Gustav fand es etwas albern, doch die Idee eines verschworenen weiblichen Trios mit geheimem Erkennungszeichen gefiel ihnen.

Anna Theissen kaufte eine ganze Serie der neuen Werke und organisierte große Pressestrecken, in denen sie als Mäzenin dargestellt wurde. Die Preise stiegen. Sie freuten sich über die Anerkennung, und Gustav begann bereits wieder, selbst im Atelier an einer Leinwand oder einer Skulptur zu arbeiten. Auch diese Werke verkauften sich jetzt und er bekam die Lust zurück. Die Lust, zu schaffen und zu leben, erfüllte ihn, und irgendwann wirkte sich das wohl auf sein persönliches Verhältnis zu Ivana aus, das intim wurde. Das alles stellte zunächst kein Problem dar, weder für sie noch für Monika, die emotional völlig in ihrer Rolle als Mutter aufging. Die Schwierigkeiten begannen an anderer Stelle.

Als ihnen Anna Theissen ihre wahren Beweggründe offenbarte, war es bereits zu spät, um auszusteigen.

Gustavs Ego fiel wie ein missratenes Soufflé in sich zusammen. Es war nie um ihn und um seine Kunst gegangen. Er sollte lediglich den Posterboy für ihren faulen Zauber spielen.

Das Konstrukt war perfekt durchdacht. Im Prinzip wurde das Atelier Görlitz unter dem Radar der Behörden zu einer Bank für Finanztransaktionen transformiert. Die Kundschaft kam von Anna Theissen. Für die Herstellung der Kunstwerke und den Austausch der Ware gegen Bares war das Team Görlitz zuständig. Am Ende wurde abgerechnet. Theissen erhielt die Hälfte von allem, was auf diese Weise reinkam. Zuerst wehrten sie sich gegen die Pläne. Doch Anna Theissen ließ nicht zu, dass sie ausstiegen. Mithilfe eines windigen Laufburschen aus Mailand hatte sie sich jede Menge kompromittierendes Material von Gustavs nächtlichen Ausritten besorgt. Ein dicklicher Mann mit Hut, sein Name war Arturo Menzogna, hatte ihm aufgelauert und eindeutiges Fotomaterial angefertigt. Drogenexzesse, Sexpartys und natürlich das ganze Lügengerüst der heimlichen Familie mit einer falschen Ehefrau in der Öffentlichkeit: Diesen Skandal wollten sie alle nicht.

Von diesem Moment an hatte Anna Theissen sie in der Hand. Die Geschäfte nahmen Schwung auf. Ivana musste immer mehr arbeiten, Gustav nahm regelmäßig Kokain, um seine schwarzen Gedanken zu verbannen, und Monika verschloss vor allem die Augen. Bis sie es einfach nicht mehr konnten.

18.

Die Begegnung zwischen Vialli und Pilotto war alles andere als Liebe auf den ersten Blick. Der Commissario war mit lautem Gepolter durch die Gartentür gestürmt und hatte sich demonstrativ vor dem etwas überraschten Künstler aufgebaut. Ambra holte ihren Laptop und fasste den Wissensstand für alle zusammen. Um eine erneute unangenehme Unterhaltung mit ihrem Chefredakteur zu vermeiden, schrieb sie ihm parallel eine Mail: »Die Rothaarige ist die vermeintliche Assistentin von Görlitz, Ivana. Sie gehört zum Club der Madonnen. Fotos sind auf dem Server zu finden! Suche nach mehr Informationen und melde mich pünktlich morgen um neun zur Konferenz.« Das sollte fürs Erste reichen.

Sie drehte sich dem Männer-Duo auf ihrer Terrasse zu. Mittlerweile war das Eis gebrochen. Räuber und Gendarm hatten die Spielregeln begriffen. Zudem hatten sie ein gemeinsames Ziel.

»Ich möchte diese Geschichte zu Ende bringen«, sagte Pilotto.

Das Päckchen mit dem Geld, das er zum letzten Rendezvous mit Gustav mitbringen sollte, lag in seiner Wohnung, versteckt zwischen Fischstäbchen und

Mini-Pizzen im Gefrierfach des Kühlschranks. Obwohl sie sich beinahe vertrauten, wollte Vialli die sensible Fracht selbst abholen.

Am frühen Abend stand ein Treffen zwischen Pilotto und Johanna Görlitz am Lido an. Treffpunkt war der Tennisclub neben dem Excelsior, der sich sowohl bei Hotelgästen als auch bei alteingesessenen venezianischen Familien großer Beliebtheit erfreute. Die dazugehörige Snackbar hatte zwei Zugänge, einen zur Straße hin und einen zum Garten des Excelsior. Ideale Voraussetzungen, wenn man beim Kommen oder Gehen nicht gemeinsam gesehen werden wollte.

Der Nachmittag war bereits fortgeschritten und Claudio Pilottos Magen meldete sich mit einem lauten Knurren. »Ich kann mir vorstellen, dass du drei Tage von einem Hafermilch-Cappuccino und einer Hirsestange leben kannst, aber ich muss etwas essen«, sagte er mit seinem unbekümmerten Grinsen zu Ambra.

Der hat vielleicht Nerven, dachte sie. Mit einem Bein im Gefängnis, aber nur die nächste Mahlzeit im Kopf. Außerdem, wie kam er auf die Idee, dass sie sich Hafermilch in den Kaffee kippen würde? Er hatte zu lange in Österreich gelebt.

»Was stellst du dir vor? Dass ich mich jetzt hinter den Herd stelle und Pasta koche?« Ambra hob fragend die Augenbrauen.

»Das erledige ich. Darf ich?« Ohne eine Antwort abzuwarten, trat Pilotto in die kleine Küche. Anerkennend blickte er auf den Korb Tomaten der Nonna und öffnete den Kühlschrank. »Ich hoffe, dein Bankkonto sieht besser aus«, vermeldete er trocken und schloss ihn wieder. Ambra war sich nicht sicher.

Im ebenso karg ausgestatteten Vorratsschrank sammelte er Salz, eine Knoblauchzehe, ein trockenes Stück Toastbrot, ein Fläschchen Olivenöl und eine Packung Spaghetti zusammen. Als er im hintersten Eck noch ein Glas mit getrockneten Peperoncini fand, strahlte er über das ganze Gesicht. Er stellte einen Topf mit Wasser für die Pasta auf, gab reichlich Öl in eine Bratpfanne und röstete darin das zu Bröseln aufgeriebene Toastbrot. Dazu kamen kleine Tomatenwürfel, die Peperoncini und – ganz wichtig – ein Schöpflöffel des Pastawassers. »Spaghetti auf Künstlerart, vielleicht findet sich in deinem Garten noch ein Blatt Basilikum?«

Ambra nickte, und sie setzten sich mit ihren Tellern wieder auf die Terrasse.

»Wir Menschen aus den Bergen wissen, wie man aus wenig etwas machen kann«, sagte der kochende Künstler zufrieden.

»Wir Menschen vom Meer wissen, wann man die Netze auswerfen soll und wann nicht«, gab Ambra zurück. »Warum hast du dich in all das hineinziehen lassen? War es nur das Geld oder steckt etwas anderes dahinter?«

Pilotto drehte seine Gabel Spaghetti in der Hand und antwortete nach einer kleinen Pause. »Natürlich habe ich das Geld gebraucht. Ich habe mir eingeredet, dass es nur für eine kurze Zeit wäre und ich dann wieder meine eigenen Arbeiten machen könnte. Aber so einfach ging das nicht. Ich habe ein paarmal gesagt, dass ich aufhören möchte. Johanna hat mich gewarnt. Sie meinte, alle steigen gemeinsam aus oder niemand.«

»Was hätte denn geschehen können?«

»Das siehst du doch. Zwei Leichen innerhalb von 48 Stunden. Natürlich hängt das alles zusammen. Ich weiß nur nicht, wer damit und warum einen Schlussstrich ziehen wollte.«

»Johanna Görlitz. Sie wollte nicht mehr die falsche Ehefrau und Buchhalterin für das Ehepaar Görlitz spielen. Zuerst räumt sie Görlitz aus dem Weg und dann Menzogna, weil er wahrscheinlich irgendetwas gegen sie in der Hand hatte. Oder Ivana: Sie will nicht mehr geistig und körperlich ausgebeutet werden.«

Pilotto lachte. »Du kennst Ivana schlecht.«

»Ich kenne sie so gut wie gar nicht. Sie scheint mir aber nicht der Typ zu sein, der sich auf Dauer mit einem Schattendasein zufriedengibt.«

»Sie ist vor allem nicht der Typ, der ungeplant irgendein Risiko eingeht. Sie ist die Schlaueste und Talentierteste von uns allen. Das hat mir richtig Angst gemacht. Neben ihr verlor ich die Lust, selbst zu arbeiten. Alles kam mir so energielos, so schwach vor.«

Dieses Gefühl kannte Ambra sehr gut. Man war gut, aber nicht die Beste, groß, aber nicht die Größte, gefragt, aber bei Weitem kein Star. Wenn man sich zu lange von solchen Vergleichen unter Druck setzen ließ, konnte man schnell in ein dunkles Loch rutschen.

»Nur Idioten zweifeln nicht«, sagte sie. »Anna Theissen ist so jemand. Sie ist überzeugt, dass ihr das Beste zusteht. Dafür geht sie wahrscheinlich über Leichen.«

»Sie steht ziemlich unter der Fuchtel ihres Ehemannes. Die Kunst und das Sammeln waren ihre Freiheit. Ich denke, sie hätte alles dafür getan, um sich weiterhin im Glanz von Gustav zu sonnen.«

Es klingelte an der Tür. Vialli war zurück. In seiner Hand ein nach Fisch riechendes braunes Päckchen. »Ich glaube, es gab einen Stromausfall im Gebäude, aber der Inhalt ist noch in Ordnung.«

Der leichte Fischgeruch hatte sie von Jesolo bis zum Lido begleitet. Zunächst waren sie in Viallis Geländewagen zum Piazzale Roma gefahren. Von dort kämpften sie sich zwischen den Touristenmassen Richtung Markusplatz durch. Das Päckchen hielt Vialli in seinem Sakko versteckt, gleich hinter dem Pistolenhalfter. Fast zufällig kamen sie am Palazzo Volpi vorbei, direkt an jener Stelle, an der Arturo Menzogna aus dem Wasser gefischt worden war. Pilotto warf eine Blume ins Wasser und schlug ein Kreuzzeichen auf der Brust. »Er war kein Schlechter, nur ein verzweifelt nach Glück Suchender«, sagte er. »Ich hätte auch so enden können.« Ambra und Vialli blickten ihn fragend an. »Wenn man zu lange im Schatten der Reichen vegetiert, will man irgendwann um jeden Preis mehr als ein paar Krümel, die von der Festtafel abfallen. Sollte ich aus der Sache mit einem blauen Auge davonkommen, werde ich mich für eine Weile im Vinschgau auf eine Almhütte zurückziehen und meinen Kopf auslüften. Oder ich hüte Schafe auf Sardinien, da finden sie keine Hirten für die Arbeit. Vielleicht nehmen sie einen abgebrannten Künstler wie mich. Und ihr zwei? Kommt ihr mit?«

»Ich für meinen Teil habe genug Schafsköpfe in meinem Leben gesehen. Aber Ferien auf Sardinien, das wäre nicht schlecht. Falls mir Mangianino endlich ein anständiges Gehalt bezahlt«, sagte Ambra.

»Dein Commissario würde dich doch bestimmt einladen. Wie mir Ivana erzählte, muss er sich über Geld keine Gedanken machen, nicht wahr, Signor Vialli?«

Der Angesprochene gab nur ein leichtes Schnauben von sich. Ambra spürte, wie ihr Kopf rot anlief. Warum wusste Ivana mehr über Vialli als sie? War Ambra wieder einmal die Letzte, die bemerkte, was gespielt wurde?

»Schau nicht so verzweifelt, Ambra«, lachte Pilotto. »Ivana hat deinen Commissario nie getroffen. Aber sie führte ständig Listen mit den vermögendsten Menschen einer Region. Sie bat Johanna regelmäßig, sie zu einer Vernissage oder einem Abendessen einzuladen. Dann konnte sie im Hintergrund die Szene beobachten und ihre verführerischen Netze auswerfen.«

»Warum bist du in ihr Spinnennetz geraten?«

»Ich war einfach der nützliche Idiot. Diese Rolle habe ich immer perfekt ausgefüllt.«

Inzwischen waren sie beim Taxistand angekommen und Vialli verhandelte den Preis für die Fahrt zum Lido.

»Sei nicht zögerlich, Ambra«, flüsterte Pilotto. »Ich bin ja ein wenig eifersüchtig, aber eine gute Partie wie Vincenzo Vialli ist nicht lange auf dem Markt.«

Den Rest der Überfahrt starrte der Künstler auf sein Handy. Er war merklich nervös. Die forsche Aufgekratztheit hatte wohl nur übertünchen sollen, wie sehr er die Begegnung mit Johanna fürchtete.

Die kleine Tennisbar war so gut wie leer. Hinter dem Tresen lehnte ein Herr mittleren Alters und las den »Gazzettino dello Sport«. Mit einem Nicken begrüßte er die neuen Gäste. Vialli und Ambra setzten sich an einen Tisch nahe dem Fenster. Pilotto begab sich nach draußen auf die Terrasse, um auf Johanna zu warten.

»Vier Tramezzini bitte, Schinken, Ei, Thunfisch und Garnelen«, bestellte Vialli. »Dazu ein großes Mineralwasser und einen frisch gepressten Orangensaft.«

»Alles?«, fragte der Wirt, ohne den Kopf zu heben.

»Ja, fürs Erste, vielen Dank«, antwortete Ambra. Das luftige Weißbrot mit den unterschiedlichen Belägen war eine der unterschätztesten Spezialitäten Venedigs. Neben anderen »Spicchi«, kleinen Köstlichkeiten, konnten sie, wenn sie frisch und mit guten Zutaten zubereitet wurden, einen Aperitif zu einer Mahlzeit machen.

Fünf weitere Tramezzini später, die irgendwann von einem Aperol Spritz begleitet wurden, brachen sie die Aktion ab. Es waren fast zwei Stunden seit ihrer Ankunft vergangen. Pilotto setzte sich ratlos zu ihnen.

»Sie antwortet nicht auf meine Nachrichten. Das Handy klingelt, aber sie reagiert nicht. Ich werde jetzt Ivana anrufen.«

Vialli schüttelte den Kopf.

»Besser, wir scheuchen nicht alle auf. Im Moment haben wir einen kleinen Informationsvorsprung. Niemand weiß, dass wir drei uns zusammengeschlossen haben. Ich gehe jetzt ins Excelsior und bitte den Portier in der Suite von Johanna Görlitz anzurufen. Antwortet sie nicht, werde ich das Zimmer aufsperren lassen.«

Der Portier ließ sich keinerlei Irritation anmerken. Signora Johanna Görlitz sei gestern spätabends zurückgekehrt und habe ihre Suite seither nicht verlassen. Die Anweisung »Do not disturb« werde in diesem Haus strikt befolgt und sie wurde von den Zimmermädchen im Reinigungsplan vermerkt.

»Das heißt, Frau Görlitz hat seit 20 Stunden das Zimmer nicht verlassen.«

»Es handelt sich um eine Executive Suite mit Meerblick und eigener Terrasse. Es ist nicht so ungewöhnlich, dass sich unsere Gäste lieber in ihren privaten Räumlichkeiten aufhalten.«

»Hat sie etwas vom Room Service bestellt?«

»Lassen Sie mich nachsehen. Ja, heute früh, neun Uhr. Ein einfaches Frühstück mit schwarzem Tee, Butter und Honig.«

»Seitdem gab es kein Lebenszeichen?«

»Ich weiß nicht, was Sie meinen.«

»Bitte öffnen Sie mir die Tür zum Zimmer von Frau Görlitz.«

»Das überschreitet meine Kompetenzen. Ich denke nicht, dass Sie einen dahingehenden Durchsuchungsbefehl vorweisen können.«

Der Portier las in den ruhigeren Dienstzeiten offenbar zu viele Krimis.

»Sie möchten bestimmt nicht, dass ich das Schloss mit meiner Pistole aufschließe?« Vialli schob sein Sakko leicht zur Seite, um seine Dienstwaffe zu zeigen. Ein leichter Fischgeruch entwich und ließ den Portier die Nase rümpfen.

»Sergio, vertrete mich bitte kurz«, rief er einem jungen Herrn zu, der etwas abseits Papiere sortierte. »Ich muss dem Herrn Commissario behilflich sein.«

Langsam fuhr der Aufzug nach oben. Dicke Teppichböden dämpften ihre Schritte, die immer schneller wurden. Der Portier schien begriffen zu haben, dass Viallis Drängen einen ernsten Hintergrund hatte. Der tote Ehemann, schwache Nerven – wer weiß, auf welche Gedanken die junge Dame gekommen war? Gerade diejenigen, die immer kontrolliert und beherrscht wirkten, konnten wie aus dem Nichts in tiefste Abgründe fallen.

Der Portier klopfte an der Tür der Suite. Keine Reaktion. Er pochte heftiger, und als wieder keine Reaktion folgte, kündigte er laut sein Eintreten an. Der Universalschlüssel glitt in das Schloss und Sekunden später standen sie in einem komplett verwüsteten Raum. Schubladen lagen am Boden, Zettel flogen in der Zugluft der geöffneten Tür herum und überall lagen Kleider, Schuhe, Schmuckstücke, Bücher, Magazine und Zeichnungen.

»Wir waren nicht die ersten Neugierigen«, sagte Vialli.

Er näherte sich dem großen Himmelbett, dessen samtener Überzug halb auf den Boden herabhing. Die Laken waren zerwühlt. Ein Hauch von Parfum lag noch in der Luft.

Das Frühstückstablett stand auf einem kleinen Mahagonitisch nahe dem Erker. Die Toastscheiben waren nahezu unberührt, die Teetasse halb gefüllt.

Vialli blickte zur leicht geöffneten Tür des Badezimmers. Sollte sich Johanna Görlitz noch in ihrer Suite aufhalten, würde sie dort zu finden sein. Mit wenigen Schritten eilte er hinein und sah das, was er befürchtet hatte. Johanna Görlitz lag am Boden, in der einen Hand ein Glas mit Wasser und daneben ein Röhrchen mit Tabletten.

Ein Arzt war sofort zur Stelle gewesen. Er fühlte den Puls und versuchte, die Frau, die er leicht anhob und über die Badewanne beugte, zu Bewusstsein zu bringen. Nach wenigen Minuten reagierte sie. Dottor Angelino entfernte den Schaum aus ihrem Mund und löste mit einem gezielten Griff das Erbrechen des Giftes aus.

»Das war knapp und die Situation ist noch kritisch«, erklärte er gegenüber dem Commissario. »Leider kenne ich diese Fälle zu gut. Alkohol, Tabletten und eine depressive Verstimmung. Im Herbst, wenn die Nebel über die Lagune ziehen, wird es besonders schlimm.«

Der Krankentransport war bereits von San Marco losgefahren. In einer Viertelstunde sollte das Boot eintreffen und die fragile Patientin in das Krankenhaus von Venedig bringen.

»Wann wird sie wieder ansprechbar sein?«

»Das kann ich Ihnen nicht sagen. Ich bin Arzt, kein Wahrsager. Vermutlich braucht sie 24 Stunden Ruhe, damit sich ihr Organismus stabilisieren kann. Sobald sie befragt werden kann, melde ich mich bei Ihnen. Ich muss Ihnen jedoch sagen, dass die Patientin noch nicht stabil ist. Es gibt keine Garantie auf ihre Genesung.«

Vialli musste also abwarten. Dabei hatte er das Gefühl, dass genau in diesem Moment jemand wichtige Informationen vernichtete, die der Schlüssel für die Lösung der Mordfälle waren. Wer auch immer das Zimmer durchsucht hatte, wollte Beweismaterial finden. Entweder ging es nur um den nebulösen Kunsthandel oder auch um die Morde an Gustav Görlitz und Arturo Menzogna. Gerade registrierte er eine halb leere Flasche Champagner, als die Tür mit einem Schwung aufgestoßen wurde und sein Kollege Commissario Sciarpa die Szene betrat.

»Was für ein Wiedersehen! Beinahe dachte ich, wir müssen ein weiteres Opfer in der Schwarzen Chronik beklagen, doch wie ich erfahren habe, ist alles noch einmal gut gegangen!«

Sciarpa trug eine Pilotenbrille mit Spiegelgläsern. Trotzdem war sich Vialli sicher, einen triumphierenden Blick festzustellen. Er täuschte sich nicht. Sciarpa warf sich in Position und tönte los.

»Wir befinden uns hier am Schauplatz einer menschlichen Tragödie, die wir aus Rücksicht auf die arme, trauernde Witwe nicht in der Öffentlichkeit auswalzen sollten.«

»Welche Witwe meinen Sie?«, fragte ihn Vialli spitz. Sciarpa nahm das Argument dankbar auf.

»Sie sagen es. Diese delikaten Familienangelegenheiten sollten mit Zurückhaltung behandelt werden. Es ist doch ganz klar, die bemitleidenswerte junge Geliebte konnte den Schmerz nicht verwinden, als sie von der Bigamie ihres vermeintlichen Ehemannes erfahren hat. Sie steht nun wohl ohne alle Ansprüche da, und Sie wissen ja, wie gnadenlos die Gesellschaft ist, wenn weder Prestige noch Geld da sind!« Sciarpa senkte in gespieltem Bedauern den Blick. »Man ist ja selbst auch nicht besser, nicht wahr? Sie sollten sich um Ihre Angelegenheiten in Jesolo kümmern, statt ständig in den Luxushotels in Venedig herumzuspionieren.«

Das waren klare Worte. Vialli zog die Augenbrauen nach oben und die Mundwinkel süffisant nach unten. Damit sich der Opportunist Sciarpa derart ins Zeug legte, mussten gewichtige Argumente bei ihm vorgesprochen haben.

»Es scheint so, als sei es im Interesse der Allgemeinheit, dass wir nicht untersuchen, warum eine Frau betäubt im Badezimmer liegt, während ihr Zimmer völlig verwüstet wurde, richtig? Wohlweislich nachdem ihr angeblicher Ehemann wenige Tage zuvor erstochen aufgefunden wurde?«

Sciarpa wischte die Einwände mit einer Handbewegung weg. »Frau Johanna Rabeneder, so ihr richtiger Name, wollte sich in einer schweren Krise das Leben nehmen. Zuvor hat sie unter dem Einfluss von Alkohol und Tabletten ihre Kleider und Dokumente durchwühlt, wahrscheinlich um schmerzhafte Erinnerungen zu vernichten. Haben Sie noch nie die zerstörerische Kraft einer in ihren Gefühlen verletzten Frau erlebt?«

Dem venezianischen Commissario gefiel es wohl, sich als Casanova aufzuspielen. Vialli ließ sich davon nicht beeindrucken.

»Für mich sieht das nicht nach einer Liebestragödie aus. Eher vermute ich einen eiskalten Krimi um Kunst und skrupellose Geschäfte. Aber ich werde die Szene nun verlassen. Das Interessanteste ist nämlich genau das, was hier nicht mehr zu finden ist.«

19.

Es war ein schlichtes Schreibheft aus handgeschöpftem Papier, das in kleinen Manufakturen in Venedig und Florenz hergestellt wurde. Lange Listen füllten die dicken Seiten. In klarer Handschrift waren dort Kunden und die dazugehörigen Transaktionen aufgeführt. Die jeweiligen Vereinbarungen waren penibel festgehalten, ja, sogar einzelne Gesprächsprotokolle angefertigt worden.

Sie musste lachen. Johanna war gerissener, als sie vermutet hatte. Das starke Schlafmittel im Champagner hatte sie dennoch nicht bemerkt. Um sicherzugehen, hatte sie ihr, nachdem sie zusammengeklappt war, eine weitere Dosis der zerstampften und im Alkohol aufgelösten Tabletten eingeflößt. Nach dem Erwachen, sofern die Mischung nicht doch zu stark gewesen war, würde sie ein Röhrchen Tabletten in der Hand halten – als Warnung, dass sie nur in Ruhe leben konnte, wenn sie sich ergeben würde.

Ohne dieses Büchlein würde der gemeine Plan, den Johanna und ihre Clique gegen sie geschmiedet hatten, scheitern. Mehr noch, sie konnte es jetzt als Waffe gegen die Verräterinnen richten. Um es zu bekommen, hatte sie jeden Zentimeter der Suite durchsucht. Ergebnislos.

Endlich war ihr in der Verzweiflung die Idee gekommen, am Strand nachzusehen. Das Häuschen kostete am Tag so viel wie ein Zimmer in einem durchschnittlichen Fünf-Sterne-Hotel an der Adriaküste. Dafür bekam man ein Zelt, vier Liegen, einen Umkleideraum mit Schrank und Spiegel sowie einen fantastischen Blick auf das Meer. Johanna hatte hier mehr Zeit verbracht als sonst irgendwo in Venedig. Stundenlang konnte sie im flachen Wasser schwimmen, sich danach im Schatten der Kabine ausruhen und endlos lange auf ihr Handy starren. Doch manchmal zog sie sich in das Innere der Hütte zurück. Sie machte sich zurecht, hatte ein paar Bücher und Magazine zum Blättern dabei und, das fiel ihr gerade noch rechtzeitig ein, vielleicht auch ihr kleines Notizbuch, mit dem Johanna glaubte, sie austricksen zu können.

Gute alte Tinte auf Papier, das konnten die besten Hacker der Welt nicht knacken. Dieses Schriftwerk war Gold wert.

Beinahe hätte sie dem Kellner gewunken und eine Flasche Rosé bestellt. Aber nein. Sie wollte nicht wie Gustav oder der lächerliche Mr. Borsalino enden, die in ihrer arroganten Unbekümmertheit den Bogen überspannt und fatale Fehler begangen hatten. Nicht jetzt, wo sie schon so weit gegangen war. Noch ein paar gute Deals und sie würde ein ganz neues Leben beginnen können. Das ließ sie sich von niemandem kaputt machen. Die ganzen Ratten, die das Schiff versenken wollten, würden in ihrer eigenen Missgunst ertrinken.

Am meisten freute sie sich auf das dumme Gesicht ihres Ehemannes. Damit hatte er wohl nicht gerechnet.

Sie würde ihn mit einem Knall verlassen und nicht so, wie er es immer spöttisch angedroht hatte: mit nichts als nichts zurück ins Nichts. 20 Jahre hatte sie seine Abschätzigkeiten ertragen. Gute Miene zum bösen Spiel gemacht. In die Kameras gelächelt und immer darauf geachtet, dass sie dabei die elegante Industriellengattin darstellte. Als er sie kennengelernt hatte, war ihre erste Karriere bereits vorbei. Damals, bevor reifere Damen für den Markt entdeckt wurden, konnte man als Erotikmodel nur eine gewisse Zeit arbeiten. An einem Abend in der Wiener Bonbon-Bar traf sie schließlich auf ihn und sie erkannten beide auf den ersten Blick, dass sie voneinander profitieren konnten. Er, einige Jahre älter und eine gesetzte Erscheinung, bekam durch die rätselhaft kühle Schönheit an seiner Seite ein bisschen Glamour ab. Sie bezog endlich ein sicheres Nest mit Pool, Spa und großer Garderobe.

Der Honeymoon in der Komfortzone währte nicht lange. Bald erkannte sie, dass er mehr erwartete. Sie genügte nie. Ihr Gehorsam war zu einstudiert, der Stil zu billig und die Meinungen peinlich. Doch dann kam die Kunst in ihr Leben und sie gewann dadurch an Bedeutung im System Theissen. Das Prestige, das sie durch den Umgang mit Gustav Görlitz erwarb, kam ihr gelegen. All die Jahre hatte sie auf ihre Chance gewartet. Wenn sie es geschickt genug anstellte, war nun der Moment gekommen, alle Schmähungen hinter sich zu lassen und ganz neu zu beginnen. Anna Theissen, die überraschend geschickte Schachspielerin in dieser Partie um Leben oder Tod, war zu allem entschlossen.

20.

Ambra kannte den bohrenden Schmerz genau. Er arbeitete sich langsam vom rechten Ohr über die Schläfen bis zu ihren Augen. Jedes Mal redete sie sich ein, dass die Migräneanfälle seltener geworden wären und sie endlich ein Mittel, ein Rezept, eine Ernährungs- oder Bewegungsmethode gefunden hätte, um sie zu vermeiden.

Es nützte alles nichts. Verlässlich kündigten sich die Kopfschmerzen immer in den ungünstigsten Momenten an. Ihre einzige Chance, nicht für Tage im Dunkeln zu verschwinden, war, nun eine Tablette aus der Packung zu drücken und sie mit einem Schluck Wasser hinunterzuspülen.

Es war bereits 6.45 Uhr und Orlando Mangianino erwartete sich von ihr eine neue Geschichte. Sie hatte bis in die Morgenstunden die Fotos auf dem Server und im Internet durchsucht. Bilder von Partys, Vernissagen und Interviews, Selfies und Paparazzifotos zeigten Gustav Görlitz und seine Frauen, Arturo Menzogna und Anna Theissen, wie sie sich in der Öffentlichkeit präsentierten. Des Rätsels Lösung lag irgendwo dahinter, und zwar dort, wo die Öffentlichkeit nicht so genau hinschauen sollte. Nichts ließ sich auf Dauer verbergen, es wurde nur gerne übersehen. Marga hatte sie gelehrt, wie man

Ausschnitt für Ausschnitt ein Foto mit dem Vergrößerungsspiegel nach Auffälligkeiten absuchte. Es genügte nicht, nur die Verdächtigen auf den Bildern abzuscannen, auch der abgebildete Bekanntenkreis, die anderen Gäste auf den Partys mussten überprüft werden. »Kommissar Zufall wird immer unterschätzt«, hatte Marga ihr eingebläut. »Eine gute Journalistin muss beobachten können, recherchieren und ein bisschen auf ihre Intuition und ihr Glück vertrauen.«

Nebenbei, als Ablenkung und kleine Gedankenflucht, hatte Ambra im Internet ein wenig über Vialli recherchiert. Er war der einzige Sohn von Ettore und Teresa Vialli, einer Industriellenfamilie aus Bologna, die unter anderem in der Gegend von Valdobbiadene ein großes Weingut besaß. Das Ehepaar Vialli sah genau so aus, wie es dem Klischee Alten Geldes entsprach. Neuerdings verwendete man den Ausdruck »Quiet Luxury« für einen subtilen Glamour, der aus Kaschmir, butterweichem Ziegenleder und nicht auf den ersten Blick erkennbaren chirurgischen Eingriffen bestand.

Danach wechselte sie wieder in ihre bescheidene Welt und klickte auf die Überwachungsvideos, die am Abend des Mordes die Bewegungen vor dem »Gommissima« aufgezeichnet hatten. Insgesamt zehn Personen waren zwischen 17 und 18.30 Uhr vorbeigegangen. Es war unmöglich, die Gesichter zu erkennen. Allesamt trugen Baseball-Caps und Sonnenhüte oder im Fall des Zimmermädchens ein Kopftuch, dazu waren die Augen mit Sonnenbrillen verdeckt. Gustav Görlitz war nicht zu sehen. Er schien den Kameras ausgewichen zu sein. Wer auch immer sein Ende herbeigeführt hatte, war wohl ebenso vorsichtig gewesen.

Knapp zwei Stunden döste sie auf dem Bett, den geöffneten Laptop neben sich auf dem Nachttisch. Die langsam ansteigenden Kopfschmerzen lähmten sie und verhinderten gleichzeitig einen erholsamen Schlaf. Um halb neun riss der Wecker sie schließlich aus diesem unseligen Zustand. Es war Zeit, die Höhle des Löwen zu betreten.

»Ambra, wie siehst du denn aus?«

Mangianino war in den virtuellen Meetingraum getreten. Ambra wartete bereits seit einigen Minuten mit eingeschalteter Kamera und hatte es für taktisch klug befunden, dabei das Bett nicht zu verlassen. Dunkle Augenringe, verstrubbelte Haare und ein fahler Teint sollten ihr zumindest ein perfektes Alibi verschaffen.

»Meine Migräne, es tut mir leid, ich kann im Moment nicht klar denken. Es fühlt sich an, als würde ein Bohrer direkt durch meine Schläfen bohren«, sagte sie mit leidender Stimme.

»Na gut, dann erhol dich und verlasse lieber den Raum, bevor ich die anderen reinlasse. Womöglich ist diese Form der Migräne ja ansteckend.« Auf Mangianinos Gesicht machte sich ein Grinsen breit. »Was ich aus der Geschichte mit der Rothaarigen gemacht habe, hast du ja gesehen?«

Ambra nickte und drückte auf »Meeting verlassen«. Sie hatte sich die Geschichte in der Nacht angeschaut. »Wieder einmal war es die Sekretärin«, hatte Mangianino getextet und damit bestimmt einige Zehntausend

Klicks mehr als gewöhnlich eingefangen. Die Fotoauswahl war passend abgestimmt. Ivana mit rothaariger Perücke und eng an Gustav Görlitz geschmiegt war einem Bild entgegengestellt, das den berühmten Maler mit seiner Frau Johanna Görlitz Hand in Hand bei einer Party zeigte und im Hintergrund, rot eingekreist, seine Assistentin.

Langsam wurden die Schmerzen dumpfer, ihre Augen ertrugen das dämmrige Licht im Schlafzimmer und sie tastete nach ihrem Handy. Das Display zeigte mehrere Anrufe von Vialli, einen von Marga und drei von ihrer Nonna. Wenn es wirklich dringend ist, werden sie eine Nachricht schicken, dachte sie, während sie sich zur Seite drehte und kurz die Augen schloss. Nur eine Viertelstunde, dann werde ich es schaffen aufzustehen. Nur eine Viertelstunde.

21.

Claudio hatte nicht geantwortet. Vier, fünf Mal hatte sie seine Nummer gewählt, aber keine Nachricht auf das Band gesprochen. Nur keine Spuren hinterlassen, das wäre viel zu riskant. Im Moment konnte sie niemandem trauen. Dass diese aufdringliche Journalistin ihre Identität erraten und in einem peinlichen Artikel in die Welt hinausposaunt hatte, war schlechtes Timing. Das war die Geschichte ihres Lebens. Immer zum richtigen Zeitpunkt am falschen Ort oder umgekehrt. Das einzig wahrhaft Richtige, das sie in ihrem Leben je gemacht hatte, war die Entscheidung, ihre Tochter zu bekommen. Für sie würde sie das Ganze zu einem guten Ende bringen.

Mit dem Geld der Kroaten könnten sie sich ein neues Leben aufbauen. Gustav hatte ihr von den Millionen erzählt, die er am Abend seines Todes in bar erhalten würde. Claudio hatte es in Split abgeholt. Es war ihr immer seltsam vorgekommen, dass man ihm derart brisante Botengänge anvertraut hatte. Doch an wen hätte man sich sonst wenden können? Schließlich war sie mit Pilotto eine strategische Partnerschaft eingegangen, in der sie sich gegenseitig über die Vorgänge innerhalb des seltsamen Betriebes, in den sie geraten waren und der sie gefangen hielt, auf dem Laufenden hielten.

Dass Claudio Pilotto seit 24 Stunden nicht an sein Telefon ging, war gegen die Vereinbarungen.

Es galt nun, schnell zu handeln. Sie wollte ihr Leben und ihre Kunst zurück. Die Zeit, in der sie sich hinter vermeintlichen Genies, roten Perücken und falschen Namen versteckt hatte, war vorbei. Monika Görlitz musste ihr geben, was ihr immer zugestanden hatte.

Sie näherte sich der Garden Suite des Bellavista über den Strand. Tagsüber war das Tor stets offen, damit die Gäste zwischen Pool und Meerwasser wechseln konnten. Wie so oft saß Monika allein auf der Terrasse. Die Mädchen spielten Tennis und Monikas Mutter war zu einem langen Strandspaziergang bis nach Lido di Jesolo aufgebrochen. Mindestens eine Stunde lang würde sie niemand stören. Es würde reichen, um das Wesentliche zu regeln.

22.

Masken, überall venezianische Masken und Frauen in Abendkleidern, die durch die Gänge eines Palazzo huschten. Hinter ihnen schlichen sich Männer mit Tiermasken auf dem Kopf heran. Lautes Gelächter. Dunkle Beats. Perlender Champagner. Dann ein Kreischen. »Haltet sie! Sie ist die Mörderin!« Alle Finger zeigten auf ein Zimmermädchen, das wie Alice im Wunderland gekleidet war.

Ambra schreckte aus dem Schlaf. Ihr Mund fühlte sich trocken an. Die Zunge war geschwollen und ein bitterer Geschmack machte sich breit. Die Tablette hatte gewirkt. Der Wecker zeigte elf Uhr, sie hatte also fast zwei Stunden geschlafen. Die Bilder ihres Traums waren noch da. Wenn sie jetzt nicht versuchte, sich an sie zu erinnern, würden sie verblassen. »Ein Zimmermädchen …«, murmelte sie und klappte den Laptop wieder auf. Es dauerte nicht lange, bis sie fand, wonach sie suchte.

»Vialli, verdammt, wo bist du? Geh an dein Telefon! Ich habe endlich das fehlende Puzzleteil gefunden, das uns zeigen wird, wer Gustav Görlitz und wahrscheinlich auch Mr. Borsalino umgebracht hat. Wir dürfen nicht zulassen, dass die Spuren verwischt werden. Ruf mich bitte sofort an, wenn du das abhörst«, haspelte Ambra auf die Mobilbox des Commissarios, während sie sich hastig ein Kleid überwarf und zur Garage ging.

Eine halbe Stunde später parkte sie am Piazzale Roma. Wie in den Tagen zuvor ging sie zum Wassertaxi-Stand, um in einem Boot so schnell wie möglich zum Lido überzusetzen. Ihre Bankomatkarte spuckte zum Glück noch immer etwas Geld aus.

Das Meer war heute unruhig, beinahe wollten die Taxis nicht starten. Ein kleines Trinkgeld und ihr bittender Blick halfen, die Zweifel auszuräumen. Langsam fuhren sie durch die Kanäle und dann an der Giudecca vorbei auf die sich weit öffnende Lagune zu. Die Wellen klatschten gegen die Scheiben und die Gischt schäumte durch die feinen Ritzen ins Innere. Ambra bemerkte es kaum. Ihr Magen verkrampfte sich, und der Grund dafür waren weder die heftigen Stöße des tosenden Meeres, die das Boot immer wieder bewältigen musste, noch ihr leise im Hintergrund hämmernder Migräneanfall. Ihr Herz klopfte schneller, während sie sich die nächsten Schritte noch einmal genau überlegte.

Bei der Ankunft im Hotel Excelsior bog sie an der Rezeption ab und ging direkt die Treppen hoch. Das Zimmer, das sie suchte, musste sich im obersten Stock mit einem Panoramablick auf das Meer befinden. Wie Vialli ihr bestätigt hatte, bewohnte Anna Theissen die teuerste Suite des Hauses.

Die Zimmertür war angelehnt. Vorsichtig schob Ambra sie weiter in das Innere und lauschte, ob sich jemand im Raum befand. Schritte näherten sich. Die Tür flog auf und eine bekannte Stimme sagte: »Ambra, was zum Teufel machst du schon wieder hier?«

Der Commissario war ihr entweder einen Schritt voraus oder er ahnte nicht, wie nahe er an der Lösung des Falles war.

»Es war das Zimmermädchen! Die ganze Zeit ist die Mörderin auf den Überwachungskameras herumspaziert und wir haben sie nicht erkannt. Was für eine raffinierte Verkleidung! Niemand achtet auf ein Zimmermädchen, und mit einem Kopftuch fallen auch die platinblonden Haare nicht mehr auf. Nur Pech, wenn man einen derart auffälligen Gang hat, der charakteristisch für eine ehemalige Tänzerin ist. Da schaut irgendwann irgendjemand genauer hin und erkennt die ganze Maskerade. Zumindest ich habe es getan. Damit haben Sie nicht gerechnet, Frau Theissen?«

Die Angesprochene war hinter Vialli in der Tür aufgetaucht.

»Was ist das nun wieder für ein Theater?« Das maskenhafte Gesicht starr auf Ambra gerichtet, zündete sie sich eine Zigarette an. »Mädchen, Sie scheinen nicht in bester Verfassung zu sein. Mit ein wenig Schlaf und Ruhe kommen Sie bestimmt wieder in die Realität zurück.« Ein schrilles Lachen folgte. »Und Sie, Herr Commissario, sollten sich weniger mit hysterischen Frauen beschäftigen und mehr Ihrer Arbeit nachgehen. Ich habe keine Ahnung, was Sie und diese durchgeknallte Journalistin von mir möchten. Was geschehen ist, war ohne Zweifel eine Tragödie. Das gilt für Gustav, für Johanna und natürlich auch für den Wichtigmacher aus Mailand, den ich nur vom Wegsehen gekannt habe. Aber ich kann Ihnen nicht weiterhelfen.«

»Kennen Sie dieses Kreuz?« Ambra hatte aus ihrer Tasche den kleinen Anhänger gezogen, den sie im Pinienwald neben dem »Gommissima« gefunden hatte. Wie eine Vampirjägerin hielt sie ihn Theissen vor das Gesicht. »Auf der Rückseite sind die Initialen R. S. eingraviert. Ich habe ein Bild davon im Internet gefunden. Es stammt von einem Bettelarmband aus dem Nachlass von Romy Schneider und wurde vor einigen Jahren in einer viel beachteten Auktion ersteigert, und zwar von niemand anderem als Ihrem Ehemann.«

»Leider habe ich es bei einer Party verloren«, antwortete Theissen kühl.

»Was für ein Zufall, dass Arturo Menzogna, den Sie vielleicht besser als Mr. Borsalino kennen, die dazugehörigen Stücke in seinem Auto aufbewahrt hat«, fiel Vialli ein.

Anna Theissen schnippte verächtlich mit den Fingern. »Menzogna hat sie gefunden und wollte sie wohl zu Geld machen. Er war ja komplett pleite und ziemlich skrupellos, wie ich aus den Medien erfahren habe.« Nun bewegte sie sich weiter in ihre Suite zum Schreibtisch, auf dem ein altmodisches Telefon stand. »Das ist doch alles lächerlich. Wenn Sie erlauben, ich werde ein Taxiboot zum Flughafen bestellen und diese Kloake verlassen.«

Vialli fasste ihre Hand, die bereits die Nummer des Portiers wählte, und hielt sie fest. »Das werden Sie nicht tun. Meine venezianischen Kollegen senden mir in Kürze per Mail einen Haftbefehl, mit dem ich Sie bis zu ihrem Eintreffen festhalten kann.«

»Darf ich erfahren, was auf diesem Haftbefehl steht?«, fauchte Theissen ihn an.

»Sie sind die Chefin eines kriminellen Netzwerkes, das zu Zwecken der Geldwäsche gegründet wurde und mithilfe von unwissenden Künstlern und Künstlerinnen international operiert hat.« Mit einer entschiedenen Bewegung löste sie sich von seinem Klammergriff und mühte sich jetzt nicht mehr, die Verachtung in ihrer Stimme zu verbergen.

»Ich kann mir kaum vorstellen, dass es dafür Beweise gibt.«

»Ivana Maranovic und Monika Görlitz haben gemeinsam Anzeige gegen Sie erstattet. Die Beweislage muss erdrückend sein. Ansonsten hätte Sciarpa nicht seinen geliebten Jour fixe im Cipriani unterbrochen.«

Anna Theissen zuckte zusammen. Der selbstbewusste Blick verlor an Kraft, die Körperhaltung an Spannung. Wie nach einem Schlag in die Magengrube ließ sie sich auf die Chaiselongue am Fenster sinken und blickte hinaus.

»Diese Ratten.«

»Wollen Sie uns Ihre Version der Geschichte erzählen?«

»Kein Wort mehr ohne meinen Anwalt.«

Ambra blickte Vialli an. Sie hatte keine Ahnung, was hier vor sich ging, aber sicherheitshalber schickte sie eine Nachricht an Mangianino. »Anna Theissen festgenommen. Verdächtige in einem riesigen Geldwäscheskandal. Vielleicht auch Mord an Görlitz und Menzogna? Infos folgen.«

Es dauerte keine Minute, bis die Antwort kam: »Du bist die Beste! Morgen in der Redaktion. Kühle eine Flasche Spumante.«

Vielleicht wusste sie ja bis dahin, in welcher Geschichte sie hier eigentlich steckte. Natürlich hatte sie wieder einmal ein wenig geflunkert. Oder die Fakten alternativ dargelegt. Einen Beweis für die Herkunft des Bettelarmbandes gab es nämlich nicht. Sie hatte lediglich eine Tratschgeschichte darüber auf einem Onlineportal gefunden. Trotzdem war sie sich sicher gewesen, es im Zoom am Handgelenk des Zimmermädchens zu erkennen. Der aufrechte, stolze Gang, die schlanken Beine, der schmale Rücken … Alles hatte sie in ihrer wilden Theorie unterstützt. Wie sich jetzt herausstellte, hatte ihre Intuition sie nicht getrogen.

Fünf Stunden vor Ambras Eintreffen am Lido fielen die Würfel für das Schicksal von Anna Theissen.

»Monika, wir müssen handeln. Wir haben jetzt die Chance, den ganzen Dreck abzuschütteln. Es muss schnell gehen. Johanna wurde angegriffen. Sie ist am Leben, aber es war knapp.« Ivana sprach schnell ins Telefon. Ins Bellavista brauchte sie noch eine Viertelstunde und sie wollte, dass sich Monika bis dahin mit der neuen Situation auf dem Spielfeld beschäftigt hatte. Der König war gefallen, aber die Königinnen wollten weiterziehen. Gustavs und Arturo Menzognas Schicksale waren besiegelt, Claudio hatte sich selbst aus dem Spiel genommen und Johanna war mit einem hinterlistigen Zug lahmgelegt worden.

Sie mussten die gegnerische Königin ausschalten, bevor sie es mit ihnen tat. Das Geheimnis war es, immer ein paar Züge der Gegenseite vorausdenken zu können. Wie sie jetzt wusste, hatten sie Anna Theissen darin fatal unterschätzt.

Ihre obskuren Machenschaften hatten sie alle in den Abgrund gerissen. Ihnen war seit Längerem klar gewesen, dass ihr System, mit Gustavs Werken Geld zu waschen, nicht ewig funktionieren würde. »You can fool some people some time, but you can't fool all the people all the time«, hatte Gustav mit einem leicht benebelten Blick gesagt, als sie sich das letzte Mal länger allein gesehen hatten. Er hatte sich nicht mehr im Griff gehabt. Mehr Drogen, wildere Eskapaden und immer öfter ein Filmriss, wenn er wieder zu sich kam. Doch eines war für ihn glasklar gewesen: Wenn die Blase platzen würde und so viel Görlitz auf dem Markt wäre, dass niemand mehr damit Millionen verschieben konnte, würde man sich seiner entledigen, ihn im besten Fall wegschmeißen wie ein benutztes Papiertaschentuch. Daher mussten sie schneller sein.

Anna Theissen würde sie nicht freiwillig ziehen lassen. Noch hatte sie nicht genug Geld beiseitegeschafft. Ihre Ausgaben waren ins Obszöne gestiegen und diesen Lebensstil würde sie um jeden Preis weiterführen. Dafür brauchte sie mehr Geld, als sie alle in ihren Leben ausgeben würden. Aber auch das reichte ihr nicht. Sie wollte in der Society anerkannt werden und endlich Genugtuung erfahren für die mitleidig-verächtlichen Blicke, mit denen man sie manchmal ganz unverhohlen bedacht hatte.

»Das ist ihr Schwachpunkt«, hatte Gustav gesagt. »Sie ist noch nicht so weit, dass sie es in der Gesellschaft ohne den guten Namen und das Geld ihres Mannes schafft.«

Endlich hatten sie eine Exit-Strategie. Nur Monika und Johanna, die sie bald einweihten, blieben skeptisch: »Vergesst nicht, wozu sie fähig ist. Wenn wir sie in die Ecke treiben, wird sie zubeißen.«

Gustav hatte nur gelacht. Er war sich seiner Sache sicher gewesen. Die bittere Pille hatte er bereits geschluckt. Nun würde sie ihm Heilung bringen.

Der Plan war einfach und nicht sehr elegant. Anna Theissen betrog ihren Ehemann regelmäßig. Auch Gustav war ihrer dreisten Direktheit immer wieder erlegen. Monika war nicht einmal erstaunt, als sie davon erfuhr. Ihr war von Beginn an klar gewesen, worauf sie sich bei einem Mann wie Gustav einließ.

Wilhelm Theissen sah die Dinge anders. Das erfuhren sie nach einer Begebenheit beim Münchener Oktoberfest im vergangenen Herbst. Wieder einmal war es Ivana, die eine vielsagende Szene zwischen dem Ehepaar beobachtete. Anna Theissen war mit großem Dekolleté und aufwendiger Zopffrisur eines der meistfotografierten Motive im Bierzelt gewesen. Doch plötzlich tauchte sie von den Blitzlichtern rund um den prominent platzierten Tisch ab und blieb für längere Zeit verschwunden. Schließlich fand er sie in Begleitung eines jungen Mannes beim Verlassen der Damentoilette. »Machen Sie zumindest Ihre Lederhose ordentlich zu«, hatte er zuerst diesen angeschnauzt. Danach zog er seine Frau ganz nahe an sich heran, tippte mit dem Zeigefinger auf ihre Stirn und sagte mit angewiderter Stimme: »Man kann eine Frau aus der Gosse holen, aber nicht die Gosse aus einer Frau. Merke dir, wenn du nicht zuverlässig bist, wirst du ausgetauscht. Ich lass mich doch nicht von so einer dahergelaufenen Schnepfe wie dir blamieren. Das war die letzte Warnung.«

Menzogna, der schmierige Typ, der immer mit Hut und Kamera auf den Vernissagen auftauchte, trat erneut auf den Plan. Sie instruierten ihn, wo und wann er an eindeutige Aufnahmen von Anna Theissens außerehelichen Aktivitäten kommen konnte. Er hatte bald eine ansehnliche Kollektion zusammen. Nach dem erfolgreichen Ende der Aktion würden sie ihn mit einer stolzen Summe abfinden, das war der Deal.

Gustav packte die Aufnahmen in eine schöne Mappe und präsentierte sie Anna Theissen gleich nach ihrer Ankunft zur Biennale in ihrer Suite im Excelsior. Die Szene musste explosiv gewesen sein. Zitternd und mit blassem Gesicht war er in sein Zimmer zurückgekehrt, wo sie mit Johanna auf ihn gewartet hatte.

»Sie hat Gift und Galle gespuckt. Zum Schluss habe ich damit gedroht, ihrem Mann nicht nur diese Fotos zu schicken, sondern auch meine eigenen Erfahrungen mit ihr auszuplaudern«, erzählte er. Nach einer Pause fuhr er fort: »Aber wir haben uns geeinigt: Ich kündige im Palazzo Volpi eine längere Schaffenspause an. Sie lässt uns in Ruhe und wir sie auch.«

Einen Tag später war Gustav tot, und Borsalino sollte ihn keine 48 Stunden überleben.

»Komm rein, die Kinder schlafen noch bei meiner Mutter«, flüsterte Monika, als sie Ivana im Morgenmantel die Terrassentür öffnete. »Besser, niemand hört mit. Ich habe alle Fotos in einen Ordner gepackt. Die neuesten Aufnahmen sind zwei Wochen alt und wurden in einer Kabine am Lido aufgenommen. Anna Theissen ist klar zu erkennen, und ich denke, die andere Person ist der Patensohn ihres Mannes. Das wird ihn zur Weißglut bringen.«

»Sehr gut. Wenn wir so nicht unbeschadet aus der Sache herauskommen, werden wir die Aufnahmen der Presse zuspielen. Am besten dieser aufdringlichen Ambra Santoro, die ist sich ja für keine Schmierengeschichte zu schade.«

Monika nahm ihr Handy vom Nachttisch und wählte eine Nummer. »Hallo, Wilhelm, guten Morgen. Entschuldige die frühe Störung. Ich sende dir einige Bilder und Informationen auf deinen privaten Account. Falls du sie privat behalten möchtest, würden wir dich bitten, deine Frau zur Vernunft zu bringen.«

Sie hatte auf Lautsprecher geschaltet. Es blieb so lange ruhig, dass sie bereits dachten, die Verbindung wäre unterbrochen worden. Dann hörten sie die leise Stimme Wilhelm Theissens: »Das geht in Ordnung.«

Ein Klicken in der Leitung. Die Katze war aus dem Sack.

»Wir müssen nur noch die Polizei verständigen«, sagte Ivana. »Gustav wird uns einen letzten Dienst erweisen müssen. Er hat alles allein mit Anna Theissen geplant und ausgeführt. Wir sind erst nach seinem Tod durch Sichtung des Nachlasses auf den ganzen Schwindel gekommen.«

Ivana hatte die Telefonnummer von Commissario Sciarpa aus dem Internet herausgesucht. Er schien ihr geeigneter als der unberechenbare Commissario Vialli, der den Dingen zu schnell auf den Grund kam. Die Sekretärin verband sie umgehend.

»Guten Morgen, Signora Görlitz, wie kann ich Ihnen dienen?«, schnurrte Sciarpa in den Hörer.

»Vielen Dank, Herr Commissario, ich bin ja so froh, dass ich Sie so schnell erreiche«, antwortete Monika mit schmeichelnder Stimme. Danach eröffnete sie Sciarpa die schockierenden Erkenntnisse, die sie bei der Durchsicht des Nachlasses ihres Mannes herausgefunden hatte. Gemeinsam mit Anna Theissen hatte er nicht nur sie, Johanna und Ivana zum Narren gehalten, sondern auch die ganze Kunstwelt getäuscht und darüber hinaus wahrscheinlich mit beträchtlichen Geldflüssen kriminelle Machenschaften unterstützt.

Sciarpa war entzückt.

23.

Langsam erwachte Johanna aus ihrem langen Schlaf. Sie wusste nicht sofort, wo sie war. Dann fielen ihr bruchstückhaft die Ereignisse der vergangenen Tage ein. Es war kein böser Traum gewesen.

Gustav war tot und sie hatte ihn nicht beschützen können. Niemals hätte sie dem riskanten Plan, Anna Theissen zu erpressen, zustimmen sollen. Eine Frau wie Theissen kannte keine Skrupel, wenn es um ihre Zukunft ging. Gustav hatte gedroht, bei ihrem Mann auszupacken: die vielen Affären, die krummen Geschäfte, und wenn dies noch immer nicht gereicht hätte, die Tatsache, wie verächtlich sie über ihn gesprochen hatte. Vor allem dann, wenn sie vorher auch mit Gustav im Bett oder in einer dunklen Ecke eines Lokals gelandet war. Dazu gab es die Aufnahmen von Borsalino. Ihr blieb nur eine Möglichkeit, diesen Super-GAU zu verhindern: Sie musste sofort den Kontakt zu Gustav und die Deals mit seinen Werken einstellen. Anna Theissen hatte überraschend gefasst reagiert. So hatte es zumindest Gustav erzählt. Sie wolle nur zwei Tage Bedenkzeit, damit sie einen Plan für den Ausstieg fassen könne. Vor Ablauf der Frist war Gustav tot.

Beweise für einen Zusammenhang der Ereignisse

hatte Johanna nicht. Sie wusste auch nicht, ob Anna eine Verschwörung des Clubs der Madonnen gewittert und sich daraufhin gerächt hatte. Sie mussten Anna zuvorkommen. Nach dem Treffen auf dem Boot des Griechen wählte Johanna über eine angeblich sichere Internetverbindung die Nummer von Theissen.

»Anna, wir müssen uns treffen und alles Weitere besprechen«, hatte sie ihr vorgeschlagen. Johanna setzte darauf, mit den gesammelten Beweisen genug Material für Verhandlungen in der Hand zu haben.

Das Treffen in ihrer Suite hatte sie gut vorbereitet. »Das Spiel ist aus, Anna«, eröffnete sie das Gespräch offensiv. »Wir haben die Fotos, mit denen Gustav dich erpresst hat. Er ist tot. Ich stelle dir keine weiteren Fragen dazu. Aber lass uns jetzt mit deinen zwielichtigen Geschäften in Ruhe.« Die Reaktion war unerwartet sachlich. Es schien beinahe so, als wäre Anna Theissen erleichtert, dass alles ein Ende finden würde.

»Nichts währt ewig, das darf man nicht tragisch nehmen. Was eure fiesen Erpressungsversuche angeht, bin ich nicht nachtragend. Der Preis, der bezahlt wurde, ist hoch genug«, hatte Theissen gesagt. Danach öffnete sie den Mini-Kühlschrank und hielt etwas unpassend eine Flasche Ruinart triumphierend in die Höhe: »Lass uns lieber mit einem Glas Champagner darauf anstoßen, dass wir noch leben.«

»Ich habe einen Menschen verloren, den ich geliebt habe. Mir ist nicht nach Feiern, Anna.«

»Lass die Show. Ihr habt alle gut von diesem Theater gelebt, und nun ist der Vorhang gefallen.«

Die Flasche aus der Minibar hatte sie mit dem Rücken zu ihr im Handumdrehen geöffnet. Wer weiß, wie viele Korken sie früher in den Etablissements mit bloßen Händen gezogen hatte, wie viele Schwielen sie davongetragen hatte, bis sie den Schmerz nicht mehr spürte. In manchen Momenten konnte man die verwundete Seele hinter der harten Schale spüren. Anna Theissen musste auch nur die Konsequenzen vieler fragwürdiger Entscheidungen tragen. Auf der Suche nach den Gläsern hantierte sie mit einer Dose Nüsse herum und schenkte schließlich mit viel Schwung ein. Das musste der Moment gewesen sein, in dem sie das Gift unauffällig in das Getränk gemischt hatte.

»Trink mit mir.« Das Kristallglas glitzerte in der Sonne und Johanna griff zu. Sie hatten sich noch auf das Sofa gesetzt und sich über die vergangenen Tage unterhalten. Schonungslos offen. Anna Theissen war sich ihrer Sache wohl sehr sicher gewesen.

»Ich musste etwas unternehmen, das ist dir doch klar. Wie hätte ich es riskieren können, dass mich Wilhelm wegen eurer schmutzigen Verleumdungen wie einen Hund vom Hof jagt? Glaube mir, er ist nicht der feine Kerl, den er nach außen mimt. Mit dem Alten werde ich auch noch fertig werden, wenn ich genug Geld auf der Seite habe.« Die Maske fiel. Der derbe Unterton kam durch. Das Mädchen, das es bis nach oben geschafft hatte, würde mit Klauen und Krallen verteidigen, was ihm seiner Meinung nach zustand.

»Warum hast du uns das nicht gesagt? Gustav könnte noch leben, er hätte es doch verstanden«, wollte Johanna beschwichtigen. Die Worte fühlten sich in ihrem Mund wie Kaugummi an. Annas Stimme hallte wie aus großer Entfernung.

»Gar nichts hätte er. Du willst noch immer nicht sehen, dass das alles aufgeblähte Besserwisser sind, die uns Frauen nicht ernst nehmen. Wie ihr ihn angehimmelt habt! Ganz ehrlich, mir ist beim Anblick eurer Schleimerei übel geworden. Damit ist Schluss. Ihr werdet ohne seine Befindlichkeiten und Allüren besser dastehen. Seid mir dankbar! Ich habe euch von einem alten weißen Mann befreit, der euch nur ausgenutzt hat«, gackerte sie mit einem leicht hysterischen Ton und schenkte nach. »Trink, meine Liebe, das wird dir guttun!«

»Musste er leiden?«

Auf Johannas Frage reagierte Anna Theissen mit einem wütenden Gebrüll. »Was bist du nur für eine dumme Kuh! Verstehst du noch immer nicht, dass er uns alle verachtet hat?« Nach einer kleinen Pause setzte sie in heiserem Flüsterton fort: »Ich bin ihm an diesem Abend vom Hotel aus nachgeschlichen. Als Zimmermädchen verkleidet. Meine Spezialität bei Rollenspielen. Warum die Männer wohl so darauf stehen? Ich sage es dir: weil sie sich dadurch mächtiger fühlen. Von oben herab sehen sie nur die Uniform der Bediensteten und das macht sie scharf. Widerlich. Genauso widerlich wie Gustav. Er hat sich durch eine Lücke in das Zelt hinter dem Pinienwald geschlichen. Hat sich eine Zigarette angezündet. Ich wollte ihn nicht umbringen. Ihm nur ein bisschen Angst machen mit dem Messer und vielleicht vorher fotografieren, wie er von seinem Dealer versorgt wird. Doch dann rief er Ivana an. Ich stand draußen und hörte alles mit. Wie er ihr schmeichelte und damit prahlte, dass er mich fertiggemacht hat. Altes, dummes Luder hat er mich genannt. Dass er froh ist, meinen widerlichen Geruch los zu sein. Irgendwann sind bei mir die Sicherungen durchgebrannt und ich habe ihn wie das Schwein, das er immer war, niedergestochen!«

Mit flackerndem Blick schaute sie Johanna an.

»Er winselte, als ich ihm das Messer an die Kehle setzte. Bettelte um Gnade. Es nützte nichts. Er riss die Augen auf, als ich das Messer schließlich mit einem kräftigen Ruck in seinen Brustkorb rammte. Ich genoss seine Angst, und seinen Tod bereue ich kein bisschen.« Ihre Stimme wurde wieder etwas weicher. »Um dich würde es mir ja leidtun, Johanna, aber vielleicht siehst du ein, dass man sich mit mir nicht anlegen darf. Diesen Fehler hat auch der widerliche Borsalino gemacht. Er war am Abend von Gustavs Tod ebenfalls da. Er muss sich in der Nähe des lächerlichen Gummiparks herumgetrieben haben. Jedenfalls hat er behauptet, mich dort gesehen zu haben, ganz nah durch sein Kameraobjektiv. Er hätte genug Beweise, um mich fertigzumachen. Zuerst hat er mir im Excelsior aufgelauert und einen Tag später bei der Party im Palazzo Volpi. Da hat es mir gereicht. Eigentlich war es ein Unfall. Ich wollte ihn nur loswerden. Nicht töten, aber ihm eine Lektion erteilen. Deshalb habe ich ihn in den Kanal gestoßen, wohin Ratten wie er gehören.«

So hatte es sich also zugetragen. In Johannas Kopf schwirrten seltsame Bilder von toten Männern und einer dämonischen Anna Theissen herum. Die Augen konnte sie nicht mehr offen halten. Bald darauf musste sie eingeschlafen sein.

Aufgewacht war sie in einem Krankenzimmer mit vielen leuchtenden Anzeigetafeln neben ihrem Bett und einer Nadel in der Armbeuge, die zu Infusionsbeuteln führte.

Ihr Handy piepste. Auf dem Display waren unzählige unbeantwortete Anrufe und Nachrichten verzeichnet. Die letzte Nachricht stammte von Ivana. »Bitte melde dich. Alles wird gut.« Das Motto der Pandemie. Nichts war gut geworden. Nicht einmal normal.

Mit halb geöffneten Augen scrollte sie die Anrufliste hinunter und las die Mitteilungen. Alle hatten sich Sorgen um sie gemacht.

Eine selbstlöschende Sprachnachricht von Pilotto war erst vor wenigen Minuten eingegangen. »Liebe Johanna, es war sehr schön mit euch. Sucht mich nicht. Ein guter Hirte ist zwischen seinen Schafen nicht zu finden. Der restliche Proviant vom Griechen wird mir reichen.«

Er hatte sich also mit den Millionen abgesetzt. Das hätte sie ihm gar nicht zugetraut.

Die Tür öffnete sich und eine Krankenschwester steckte ihren Kopf herein.

»Wie geht es Ihnen? Darf ich Ihren Besuch hereinlassen?«

Ohne die Antwort abzuwarten, trat Commissario Vialli in den Raum. In der einen Hand hielt er ein Notizbuch, in der anderen ein braunes Päckchen. Als er näher kam, bemerkte sie einen leichten Fischgeruch.

»Frau Görlitz oder Frau Rabeneder, wie soll ich Sie nennen?«

»Frau Rabeneder.«

»Es tut mir leid, dass ich Ihnen nicht mehr Zeit zur Erholung geben kann. Jemand hat versucht, Sie mit einer Überdosis Schlafmittel zu vergiften. Es besteht der dringende Verdacht, dass es sich bei dieser Person um Anna Theissen handelt. Können Sie dies bestätigen?«

»Sie war zumindest die letzte Person, an die ich mich erinnern kann.«

»Bei Frau Theissen wurde dieses Notizbuch gefunden. Kennen Sie es?« Vialli hielt ihr ein kleines Buch hin.

Sie antwortete nicht, ihr Blick war undurchdringlich.

»Vielleicht fällt es Ihnen ein, sobald wir das grafologische Gutachten der Handschrift auf dem handgeschöpften Papier erhalten. Ich nehme an, Sie können sich auch nicht an Herrn Claudio Pilotto erinnern? Er sollte dieses Paket, das er zuvor in Kroatien abgeholt hat, an Gustav Görlitz überreichen. Darin befindet sich eine halbe Million Euro in bar, natürlich ohne Empfangsbestätigung.«

Zumindest einen Brösel hat er zurückgelassen, dachte sie, antwortete jedoch nur leise: »Ich dachte, Geld stinkt nicht – pecunia non olet, wie die alten Römer sagten.«

Vialli musterte sie.

»Zu dem Buch kann ich nur sagen, dass mein Mann, so nenne ich ihn noch immer, mich regelmäßig gebeten hat, für ihn Schreibarbeiten zu erledigen. Unsere Beziehung war, wie Sie wissen, kompliziert und auf vielen Lügen aufgebaut. Ich bereue zutiefst, ihm blind vertraut zu haben. In seine Geheimnisse und Geschäfte hat er mich nicht eingeweiht, daher glaube ich kaum, Ihnen sachdienliche Hinweise geben zu können.«

Vialli nickte. »Soso, das wird nun gespielt. Von Herrn Pilottos Botengängen hatten Sie daher auch keine Ahnung?«

»Botengänge? Davon weiß ich nichts. Pilotto ist mir nur als Barkeeper und leider sehr unterschätzter Künstler bekannt. Meines Wissens ist er in seine Heimat Südtirol zurückgekehrt. Vielleicht wollte er aber auch nach Serbien oder Montenegro.«

Vialli schien nachzudenken. »Warum wollte Anna Theissen Sie ermorden?«, fragte er dann.

»Sie sind der Kommissar. Wahrscheinlich war es ein Unfall. Ich habe sie um Schlaftabletten gebeten. Möglicherweise wurden sie von mir falsch dosiert. Bevor ich Ihnen mehr sagen kann, muss ich warten, bis meine Erinnerungen zurückkehren.«

Sie wollte zuerst mit Monika und Ivana sprechen. Bis dahin sollte der Kommissar im Dunkeln tappen.

Als hätte er ihre Gedanken gelesen, fuhr Vialli mit seiner Befragung fort: »Monika Görlitz und Ivana Maranovic haben eine umfangreiche Aussage bei meinem Kollegen Sciarpa gemacht. Sie belasten darin Anna Theissen massiv. Womöglich wissen Sie auch etwas über die illegalen Finanzflüsse, die sie mithilfe von Gustav Görlitz organisiert hat?«

»Wenn das so ist, kann es sehr gut sein, dass die Erinnerungen langsam zurückkehren …«, antwortete Johanna Rabeneder mit einem Lächeln. Manchmal wurde doch alles gut. Man brauchte nur Geduld.

ZWEI MONATE SPÄTER

Ein frischer Wind wehte durch die Pinienbäume und die Blätter der Oleander verfärbten sich langsam gelb. September und Oktober waren die Monate, die Ambra in Jesolo am meisten liebte. In ihrer Kindheit überschattete der Schulbeginn die Freude über die herrlich milden Tage an den halb leeren Stränden, die zunehmend von den Einheimischen besucht wurden. Pinos Bar war das ganze Jahr geöffnet, und sie hatte ihre Nonna überredet, von ihrer Villa am Piave-Fluss nach Lido di Jesolo zu fahren und hier mit ihr zu Mittag zu essen. Außerhalb der Saison lud Pino einmal im Monat zu einer Spaghettata ein. Dabei stand er selbst mit Kapitänsmütze in der winzigen Küche und bereitete in einem großen Topf und einer riesigen Bratpfanne eine Pasta zu, die wesentlich zu seiner Legende beigetragen hatte. Die Tomatensauce köchelte dafür seit den Morgenstunden mit viel Knoblauch und Olivenöl auf dem Herd. Ab und an goss er sie mit etwas Weißwein auf und gab dann zuerst kleine Fischfilets und Meeresfrüchte hinzu. Zum Schluss kamen Cozze und Vongole, Mies- und Venusmuscheln, die er mit einigen Löffeln des Pastawassers schmoren ließ. Beim Anblick der Nonna leuchteten seine Augen und er räumte die Theke frei, um Platz zu schaffen. »Was für eine Ehre! Sind es fünf oder zehn Jahre, dass du mich nicht mehr besucht hast, Loredana?« Wie Marcello Mastroianni und Sophia Loren, dachte Ambra. Schönheit vergeht nicht, nur die Jahreszahlen ändern sich.

»Wie geht es dir, Ambra? Ich habe gehört, diese Mordsgeschichte mit der deutschen Kunstsammlerin war ein Riesenerfolg für dich. Hat Mangianino, der alte Gauner, dich endlich befördert?« Pino zwickte ihr in die rechte Backe, als ob sie noch immer fünf Jahre alt wäre und ihn um ein zweites Eis bitten würde.

»Sie ist nun Chefreporterin, stell dir vor! Ich bin sehr stolz auf sie, und sie wird sogar öfter Zeit haben, mich zu besuchen«, antwortete die Nonna an Ambras Stelle und tätschelte die Hand ihrer Enkelin.

In der Tat hatten sich die Dinge zum Guten gewendet. Die Geschichte um die Verhaftung von Anna Theissen hatte eingeschlagen wie eine Bombe. Nicht nur landesweit, sondern weltweit war ihr erstes Interview mit der Verhafteten gekauft und ausgestrahlt worden. »Fünf Millionen Klicks«, hatte Mangianino in der Redaktionskonferenz glückselig gehaucht. In ihrer neuen Position musste sie sich nun an mindestens drei Tagen in der Woche in den Redaktionsräumlichkeiten blicken lassen. Da ein gewisser Vincenzo Vialli seinen Schreibtisch im Kommissariat nur ein paar Straßenecken weiter hatte, war die Aussicht auf ein gemeinsames Mittagessen oder einen Kaffee am Lungomare ein weiteres Argument, häufiger in die Stadt zu fahren.

Es fühlte sich alles gut und richtig an. Sie hatte einen Freund, eine Festanstellung und endlich weniger Zukunftsängste.

Der Tod von Gustav Görlitz war ein Wendepunkt im Leben vieler Menschen gewesen. Anna Theissen hatte die Schuld für die dubiosen Geschäfte mit seinen Werken auf sich genommen. Ihr einziger Mitwisser sei Gustav gewesen. Geschäftliche Differenzen seien der Grund dafür gewesen, dass sie ihn im Affekt getötet hatte. Die Uniform eines Zimmermädchens in ihrem Koffer und die DNA-Spuren am Tatort hatten sie schließlich zu diesem Geständnis gezwungen. Der Tod von Borsalino war in ihrer Version ein unglücklicher Unfall. »Er hat mich beobachtet, mir nachgestellt. Nach der Party im Palazzo Volpi habe ich ihn plötzlich in einer dunklen Gasse hinter mir bemerkt. Ich habe ihn gestellt. Er wollte Geld und wurde unverschämt. Als ich mich ihm mit erhobener Hand näherte, ist er nach hinten gestolpert und in den Kanal gefallen. Ich wusste nicht, dass er nicht schwimmen kann, und wollte mich vor seinen Aggressionen in Sicherheit bringen«, hatte sie ausgesagt. Die Aussicht, dass sie damit durchkam, war sehr gering, obwohl ihr Noch-Ehemann Wilhelm Görlitz für ihre Verteidigung gute Anwälte und einen Presseagenten engagiert hatte. Ambra konnte sich gut vorstellen, dass seine Bedingung dafür war, weder die drei Madonnen in die Geschichte hineinzuziehen noch ihre außerehelichen Eskapaden publik zu machen.

Anna Theissen spielte mit. In der Untersuchungshaft wartete sie auf ihren Prozess, der als einer der spektakulärsten des Jahres angekündigt wurde. Mangianino rieb sich in freudiger Erwartung die Hände, während Ambra sich auf einen Reportage-Marathon vorbereitete. »Das Gerichtsressort ist eine der besten Schulen in den Medien«, hatte Marga gesagt. Das könnte einen weiteren Karrieresprung bedeuten.

Am besten haben es aber die drei Madonnen getroffen, dachte Ambra. Sie hatten es geschafft, den Skandal nicht nur unbeschadet zu überstehen, sondern auch noch von ihm zu profitieren. Ivana verkaufte ihre Bilder besser als Görlitz in seiner Hochphase. Ihre Schönheit und die Aura des Verbrechens ließen sich gut vermarkten und es blieb zu hoffen, dass einige der Käufer auch die Qualität der Arbeiten zu schätzen wussten. Die rote Perücke von Tamara La Douce hatte sie in einer Aktion auf der Art Basel verbrannt und das Video davon landete für einen hohen Preis bei einem japanischen Sammler. Monika Görlitz und Johanna Rabeneder kümmerten sich um den Verkauf. In einem kleinen Palais in der Wiener Innenstadt hatten sie eine Galerie gegründet, die ausschließlich weibliche Kunst vertrieb. FemART florierte. Claudio Pilotto blieb untergetaucht. Viereinhalb Millionen Euro halfen ihm dabei.

»Was denkst du, nehmen wir nach der Pasta noch ein Stück von der Zuppa inglese?«, fragte die Nonna, nachdem sie sich von Pino losgerissen hatte. Das in Alkohol getränkte und mit Vanille- sowie Schokoladenpudding gefüllte Biskuitdessert war ein Favorit von ihnen beiden. Acht Stunden hatten sie einmal in der Küche gestanden, um es zuzubereiten. Das war ein Aufwand, den nicht einmal die Nonna regelmäßig betrieb.

»Gerne, darf ich dich aber einen Moment allein lassen? Ich muss nur kurz telefonieren«, sagte Ambra. Sie bewegte sich in Richtung Ausschank zum Hinterausgang. Ihr war gerade eingefallen, dass sie Marga Bescheid geben wollte, wenn sie bei Pino angekommen waren. Das Telefon klingelte. Sie schaute sich die Wand mit den vielen Fotos an, eine Art »Hall of Fame« von Pinos Gästen. An einem Bild blieb sie hängen. Das war doch der Borsalino von Menzogna, den sie hier am Tresen sah. Er sah glücklich aus. Um seine Hüfte lag ein Arm. Er gehörte Capitano Pino.

»Bitte, was wollt ihr jetzt von mir? Dass ich auf der letzten Kurve in meinem Leben noch ein Coming-out hinlege?« Pino hatte sich mit verschränkten Armen vor die Bildergalerie gestellt und sprach in angestrengtem Flüsterton. »Ist es das, was ihr unter Toleranz versteht? Ich habe einfach keine Lust, irgendjemanden in mein Schlafzimmer schauen zu lassen. Das solltest du doch verstehen, Ambra?«

Mit einem Blick auf die Nonna, die herbeigeeilt war, als sie die Missstimmung bemerkte, antwortete Ambra: »Natürlich, Pino, das ist ganz deine Angelegenheit. Aber du musst doch zugeben, dass es etwas seltsam ist, dass du nach dem Mord an Arturo Menzogna niemandem von eurem Verhältnis erzählt hast?«

Einige Sekunden unangenehmes Schweigen folgten.

Schließlich ergriff die Nonna das Wort: »Wenn du nichts dazu zu sagen hast, dann ist das auch gut. Bitte, lasst uns wieder an den Tisch gehen. Jetzt weiß ich zumindest, warum ich bei dir nie Chancen hatte, Pino, du Herzensbrecher.«

Nun musste der Capitano lächeln. »Ist ja gut. Im Grunde bin ich froh, das jetzt losgeworden zu sein. Arturo war immer wieder hier, ein netter Kerl, wenn ihr mich fragt, der einfach nicht viel Glück in seinem Leben hatte. Madonna mia, dann sind wir uns an ein paar Abenden etwas nähergekommen. Er hat ein paarmal hier in der Bar übernachtet oder er ist zu mir mitgekommen. Wenn ich gewusst hätte, in welchen Schwierigkeiten er steckte …«

Ambra bemerkte den Glanz in Pinos Augen. »Mach dir keine Vorwürfe. Er wollte deine Hilfe nicht. Sonst hätte er dir mehr über sich anvertraut.«

Pino räusperte sich wieder. »Ganz so ist es nicht. Er hat mich gebeten, seine Sachen bei mir aufzubewahren. Es ist nur eine Mappe voll Papier, bestimmt nichts Wichtiges. Ich habe es aber auch nicht übers Herz gebracht, sie wegzuschmeißen. Wenn ich nicht mehr sein sollte, wird mich das überleben, hat er gemeint.«

Zwei Generationen der Familie Santoro schauten ihn mit weit aufgerissenen Augen an. »Das ist nicht dein Ernst. Du behältst einen Stapel Dokumente unter Verschluss, die dir ein späteres Mordopfer anvertraut hat?«

»Ich wollte in nichts hineingezogen werden. Wenn man zur Polizei geht, ist man doch sofort verdächtig. Zumindest kommt eine Horde Polizisten und dreht hier jeden Stein um und, noch schlimmer, in meiner Buchhaltung. Dann kann ich gleich den Schlüssel zum Lokal abgeben.« Pino räusperte sich. »Es ist ja nicht immer alles 120 Prozent korrekt verbucht worden, vor allem in der Saison verliert man schnell den Überblick.«

Mit finanzrechtlichen Themen wollte sich Ambra jetzt nicht beschäftigen. Stattdessen fragte sie frei heraus: »Wo sind Menzognas Sachen?«

Pino winkte sie zum Hinterausgang. »Kommt mit. Es ist nichts Besonderes.«

Sie gingen zu einer Holzhütte, die sich in der Nähe der Bar befand und mit Rettungsringen geschmückt war. »Hier lagere ich meinen Kram«, sagte Pino, während er den Schlüssel im Schloss drehte. Zum Vorschein kamen ein Stapel Liegestühle, Decken und Handtücher, Tennisschläger und Bocciakugeln. Mit ein paar Griffen war alles zur Seite geräumt. Dahinter verbarg sich eine große Eisenkassette. »Meine Schatzkiste, ich bin doch ein alter Pirat, hier ist es sicherer als in meiner Wohnung, in der ich ja doch nie bin. Von der Bar aus habe ich die Hütte immer im Blick, und wenn nicht ich, dann der Bagnino, der jeden töten würde, der sich meinem Eigentum nähert«, sagte er mit einem Lächeln, das harmlos wirken sollte, aber nicht ganz überzeugte. Dann öffnete er die Kiste mit einer Zahlenkombination, die er routiniert eintippte, um dann zwei Schnallen nach oben zu klappen.

In der Kiste lagen einige Packen Bargeld, die er platzsparend vakuumiert hatte, sowie mehrere kleine Goldbarren, alle sorgfältig in Luftpolsterfolie eingepackt. »Alles legal, keine Sorge, aber ich vertraue den Banken nicht«, murmelte er und zog dann ein schlichtes Paket hervor, das mit den Worten »L'art pour l'art« gezeichnet war.

»Nimm es. Es war nicht richtig, es unter Verschluss zu halten. Alles findet seinen Weg.«

Ambras Hände zitterten, als sie sich auf einen der wenigen verbliebenen Liegestühle am Strand setzte und vorsichtig die Klebestreifen von den Kartonrändern löste. Nun konnte sie die ersten Blätter sehen. Es waren Pastellzeichnungen, Sketches und Karikaturen, die Menzogna angefertigt hatte. Kleine Ölbilder und Collagen. Dicht beschriebene Wirtshauszettel mit Gedichten und ganz zum Schluss ein Briefumschlag, den er an seine Schwester adressiert hatte. Ambra öffnete ihn. »Sei mir nicht böse, wenn wir es nicht an den Strand unserer Kindheit geschafft haben. Wer mit offenen Augen träumen kann, wird es mit geschlossenen noch viel besser machen. Ich hinterlasse dir alles, was ich geschaffen habe. Es ist nicht von Wert, aber für mich war es alles. So wie du die Einzige bist, bei der ich mich bedanken und verabschieden möchte.«

Das war es also, was Borsalino am wichtigsten gewesen war.

Die Nonna hatte sich inzwischen zu ihnen gesetzt. Mit den Füßen im Sand und dem Rauschen der Wellen in den Ohren blätterten sie gemeinsam durch Arturo Menzognas Werk. »›L'art pour l'art‹, was bedeutet das eigentlich?«, fragte Ambra.

»Dass man die Kunst nur für die Kunst macht und nicht, weil man daraus Profit schlagen oder Anerkennung bekommen möchte. Wenn du so willst, ist es wie eine bedingungslose Liebe. Nicht alle sind dazu fähig, aber sie ist das größte Glück.« Die Nonna nahm Ambra an der Hand. »Lass uns reingehen und schauen, ob dein Commissario eingetroffen ist. Ich bin schon sehr gespannt auf den jungen Herrn, der dich endlich wieder zum Lächeln bringt.«

»L'art pour l'art«, dachte Ambra. Wie wäre es mit »L'amore per l'amore«, »Liebe nur der Liebe willen«? Das war tatsächlich eine Kunst, die man auf den Liegestühlen von Jesolo seit jeher zelebrierte.

Gudrun Grägel
Caffè Latte mit Schuss
Kriminalroman
384 Seiten, 12,5 x 20,5 cm,
Broschur
ISBN 978-3-8392-0756-7

Spitzenköchin Doro Ritter und ihr Freund Vinc aus München machen Urlaub in Malcesine am Gardasee, als ein grausiger Fund die Bewohner des idyllischen Örtchens am Fuße des Monte Baldo beunruhigt. Die Polizei ist gezwungen, einen alten Fall neu aufzurollen. Misstrauen und Angst breiten sich unter den Einheimischen aus. Welches tragische Geheimnis birgt die Vergangenheit? Muss es erst weitere Tote geben, bevor das Rätsel gelöst werden kann? Doro und Vinc wollen das verhindern und geraten dabei selbst in Gefahr.

GMEINER SPANNUNG

WWW.GMEINER-VERLAG.DE
Wir machen's spannend